Quand l'Enchanteur vint au monde

Jean d'Ormesson

de l'Académie française

Quand l'Enchanteur vint au monde

Éditions Héloïse d'Ormesson | PROMENADE LITTÉRAIRE

Les citations de François-René de Chateaubriand
sont extraites de son *Œuvre*.

ISBN 978-2-487819-79-5

Éditions Héloïse d'Ormesson,
92 avenue de France, 75013 Paris
info@lisez.com
www.editions-heloisedormesson.com

Préface

La question de savoir s'il existait un inédit de mon père m'a été maintes fois posée après le 5 décembre 2017. J'étais convaincue qu'en dépit des archives monumentales qu'il avait accumulées, il n'avait laissé derrière lui aucun texte, si ce n'est une ou deux chroniques qu'il aurait renoncé à publier ou simplement oubliées.

Mon père haïssait le rangement. Il était rétif à tout classement et avait la plus grande peine à jeter les papiers. Il aimait conserver. Journaux. Places de cinéma. Courrier. Brochures, collectées à travers le monde. Cartes de correspondance. Lettres. Enveloppes, sur lesquelles il griffonnait volontiers pensées, citations, dates. Jusqu'à ses copies de khâgne, qu'il avait gardées par-devers lui plus de soixante-dix ans. Et bien sûr ses manuscrits

– augmentés des différentes moutures de ses tapuscrits et de ses épreuves corrigées –, qu'il conservait religieusement, mais dans un savant, voire complet, désordre. Le tout disséminé aux quatre coins d'une maison-bibliothèque que mes parents occupaient depuis plus de soixante ans. Il existe des photos du bureau de mon père, témoin de cette stratification, où la moquette a disparu sous une mer d'imprimés, une pile de notes, des montagnes de dossiers, mais surtout, encore et toujours, des flots de livres.

À sa mort, j'ai commencé à faire le tri, à inventorier les manuscrits et les écrits, mais la tâche était colossale et la fouille dans l'intimité des souvenirs délicate. Ce travail souvent entrepris, je l'ai régulièrement abandonné, découragée par son ampleur ou submergée par un trop-plein d'émotions.

Mon père souhaitait que ses archives soient confiées à la Bibliothèque nationale de France, afin qu'elles soient accessibles au public et conservées dans les meilleures conditions. Il nous aura fallu plus de sept ans pour que ma mère et moi soyons prêtes à lâcher ce trésor constitué par son œuvre, milliers de feuillets noircis au crayon à papier ou au feutre

– prolongement tangible de mon père. Mémoire vivante à portée de main.

Au terme de ce travail de deuil atypique, qui consistait à inviter un archiviste paléographe à remuer les souvenirs de l'intérieur familial, conformément aux vœux de mon père, j'ai contacté Gilles Pécout, président de la BnF, en juin 2024. Il a accueilli l'idée de ce don avec enthousiasme et tact et diligenté Charles-Éloi Vial, historien et conservateur au département des Manuscrits de la BnF, pour effectuer ce travail rigoureux et minutieux.

Il aura fallu presque un an à Charles-Éloi Vial pour tamiser ces archives et les épurer de tout le fatras amoncelé par mon père. Au rythme d'une séance de travail hebdomadaire, il est parvenu à isoler les documents qui composeront le fonds Jean d'Ormesson. Toujours d'une exquise courtoisie et d'une parfaite discrétion, il a, au gré de ses visites, réalisé de nombreuses découvertes : correspondances illustres, carnet militaire, ébauches de roman, brouillons de discours. Mais, jusque-là, n'a mis au jour aucun inédit.

Lors du dernier rendez-vous, en juin 2025, j'ai indiqué à Charles-Éloi un placard où étaient rangés des textes de jeunesse et notamment le premier jet de *L'amour est un plaisir*, premier roman de mon père, paru en 1956. Au milieu des feuillets, une centaine de pages, sans titre, probable esquisse d'une biographie de Chateaubriand, s'était glissée. La séance de travail touchait à sa fin. Charles-Éloi m'a confié la liasse, afin que je détermine ce qu'il convenait d'en faire.

Ne voulant pas risquer d'égarer ces feuilles volantes, je suis revenue le week-end suivant chez ma mère pour les étudier plus attentivement. J'ai d'abord pensé qu'il s'agissait de l'ébauche de *Mon dernier rêve sera pour vous*, biographie sentimentale de Chateaubriand, que mon père publierait en 1982. Lorsque j'entrepris de déchiffrer les premières et les dernières lignes, il m'est apparu qu'il s'agissait d'un texte complet, sans rapport avec la biographie parue chez Lattès. Je n'osais y croire : c'était un inédit !

Pour autant, je réprimais toute euphorie. Avant d'annoncer cette découverte, je devais en établir la nature. S'agissait-il d'une simple curiosité, qu'il était inutile de publier ? D'un texte qui n'intéresserait que les chercheurs ou les érudits ? Le décryptage n'en était pas simple. J'avançais lentement. L'écriture dansante de mon père, parfois presque illisible, résistait au déchiffrage. Puis, petit à petit, au fil de la lecture, l'humour et la vivacité du texte ont transparu clairement. Enthousiaste, enlevé, malicieux : j'entendais mon père. Cet éloge de Chateaubriand possédait son charme si caractéristique. À l'évidence, cet essai méritait d'être publié. Le miracle s'était produit, l'année même de son centenaire.

Ce livre, mon père l'a donc achevé, sans procéder à ces relectures minutieuses dont il était coutumier. Passionné, inspirant, il n'en renferme pas moins quelques répétitions et imprécisions qu'il aurait rectifiées ou gommées sans nul doute. J'ai pris le parti d'éditer très exactement son texte, en l'état. Sans escamoter telle phrase au parfum d'inachèvement, sans chercher à clarifier une formulation évasive. M'interdisant toutes interventions. Cela aurait été déplacé. Il ne fallait rien truquer. Seulement expliquer les circonstances de la rédaction de ce texte. La saveur en est, selon moi, intacte, et ces rares imperfections n'entament en rien l'éclat de cette promenade avec Chateaubriand.

Pourquoi ne l'a-t-il pas fait paraître, alors qu'il avait signé un contrat dès 1959 avec les éditions Julliard, son éditeur de l'époque ? Sans doute parce qu'il n'était alors qu'un primo-romancier. Personne ne se serait intéressé à ce récit d'un inconnu qui se penchait sur un monument de la littérature classique. En cette année 1959, il a préféré publier un essai très ironique et personnel, *Du côté de chez Jean*.

Daté de 1958, à l'aube de sa carrière, *Quand l'Enchanteur vint au monde* raconte l'histoire de « celui pour qui vivre était plus que vivre ». N'est-ce pas la devise même de Jean d'Ormesson ? On y comprend la fascination pour cet aîné, qui lui ressemble à plus d'un titre. Et l'on devine l'identification du jeune écrivain à l'illustre mémorialiste. Dès les premières lignes de cette promenade littéraire, mon père déclare son admiration pour une œuvre d'abord. Si forte, si vive, si nouvelle. Ses livres qui crépitent de formules qui font mouche – expression qui s'applique parfaitement à l'écrivain d'*Au plaisir de Dieu*. Fascination pour l'homme également, « nageur entre deux rives », à cheval entre deux siècles, deux mondes, deux régimes. « Un des esprits les plus attachants de notre littérature », salue Jean d'Ormesson. On croirait une définition de d'Ormesson lui-même. Entre les pages de cette biographie en miroir point déjà en creux celui qui deviendra Jean d'Ormesson.

Que même d'outre-tombe mon enchanteur parvienne à nous éblouir en un chassé-croisé éclatant n'est pas pour me surprendre. Car, comme il aimait à le rappeler, « il y a quelque chose de plus fort que la mort, c'est la présence des absents dans la mémoire des vivants. » *Quand l'Enchanteur vint au monde* la ravive de manière épatante.

Héloïse d'Ormesson

VERS LA FIN DU MOIS D'AOÛT 1768, une violente tempête ravagea la côte française de l'Atlantique, de Dunkerque à Bayonne. Elle persista au début de septembre. La Bretagne et particulièrement Saint-Malo furent assez durement éprouvés. En plusieurs endroits, le clergé exposa les reliques, organisa des processions et fit réciter des prières. Dans la nuit du 3 au 4 septembre, la chaussée du Sillon à Saint-Malo subit d'importants dommages. Le 4 septembre, « dans une rue sombre et étroite de Saint-Malo, appelée la rue des Juifs », naquit, de René-Auguste, comte de Combourg, et de Pauline, Jeanne, Suzanne de Bédée, son épouse, un gentilhomme breton, presque mort quand il vint au jour : on l'appela François-René. C'était Chateaubriand.

La postérité ne déteste pas retrouver dans l'enfance de ses futurs grands hommes les signes prémonitoires et cachés du génie et de la gloire. Le ciel n'épargna pas ses prestiges en cette nuit de bourrasque bretonne, où le mugissement des vagues annonciatrices de l'équinoxe d'automne couvraient les cris de l'enfant. Le vicomte de Chateaubriand, qui allait tant aimer ces instants qui marquent les premières rencontres avec les paysages, avec les villes, avec les événements et les êtres, n'avait pas raté sa première entrée dans le monde. Certains furent d'autant plus agacés de cette publicité prénatale que c'est l'intéressé lui-même qui raconte cette naissance au seuil des *Mémoires d'outre-tombe*. Jules Lemaître lui reprochait en bougonnant de n'avoir pas su naître « avec simplicité ». De là à imaginer qu'il faisait un calme plat le 4 septembre 1768 et que les vagues et leurs mugissements avaient été inventés de toutes pièces par un génie du romantisme et de la publicité, il n'y avait qu'un pas à franchir : il le fut aisément.

Des enquêtes furent faites, tous les limiers savants de la petite histoire littéraire et météorologique furent lâchés sur Saint-Malo et sur ce mois de septembre 1768. Leurs conclusions devaient confirmer entièrement le récit de Chateaubriand : la tempête soufflait quand l'Enchanteur vint au monde.

D'autres détails, il est vrai, étaient moins rigoureux que cette météorologie natale. Longtemps Chateaubriand soutint qu'il était né le 4 octobre et qu'il s'appelait François-Auguste, et aussi qu'il était né la même année que Napoléon Bonaparte ; erreurs fort excusables en ces temps pourtant peu reculés où l'inexactitude de l'état civil laissait encore quelque jeu aux caprices de l'imagination.

Les enfances des grands hommes n'étaient jadis l'occasion que d'anecdotes ou de mots plaisants. La psychologie nouvelle a bouleversé ces vieilles lunes en faisant de l'enfant, selon un mot célèbre, le véritable père de l'homme. Ces révélations et ces lumières ont fait fouiller depuis trente ans dans tous les cahiers d'écoliers et, au sens propre des mots, dans les langes des nourrissons. Car des méthodes d'emmaillotement dépendent désormais les destins. Nous ne saurons pas grand-chose, je crains, en ce qui regarde Chateaubriand, de ces premiers détails vestimentaires ; mais trois ou quatre traits, peut-être, annonceront déjà le destin éclatant du jeune chevalier et du futur vicomte.

François-René était le plus jeune des six enfants de la famille qui avaient survécu. Il fut frêle dans ses premiers jours. Mme de Chateaubriand en était, quand il naquit, à sa dixième grossesse et les maladies, les soucis d'argent, les épreuves de toutes sortes n'avaient pas épargné depuis quelques centaines d'années la vieille famille des Chateaubriand. C'était une race vigoureuse et solide mais traversée, tout au long des siècles et surtout plus récemment, d'étranges et violents malaises. La propre sœur de François-René, Lucile, sa préférée, était d'une mélancolie ardente et d'une sensibilité inquiétante. « Il lui prenait, écrit Chateaubriand, des accès de pensées noires que j'avais peine à dissiper. » Elle avait des songes prophétiques, des insomnies continuelles, des hallucinations visuelles et auditives et elle semblait lire dans l'avenir. « Sur un palier de l'escalier de la grande tour, battait une pendule qui sonnait le temps du silence : Lucile, dans ses insomnies, allait s'asseoir sur une marche, en face de cette pendule, elle regardait le cadran à la lueur de sa lampe posée à terre. Lorsque les deux aiguilles, unies à minuit, enfantaient dans leur conjonction formidable l'heure des désordres et des crimes, Lucile entendait des bruits qui lui révélaient des trépas lointains. » Elle mourut folle en 1804.

Le père de François-René avait été corsaire, pirate, terre-neuvier et négrier. La traite des Noirs n'avait rien de déshonorant aux yeux des gentilshommes du XVIIIe. En une seule expédition, le capitaine de Chateaubriand, le futur comte de Combourg, commandant *L'Apollon*, rafla sur les côtes de Guinée quatre cent quatorze noirs. Le déchet fut faible : seize d'entre eux seulement moururent avant d'arriver, si l'on ose dire, à bon port. M. de Chateaubriand devint presque riche.

En 1753, il épousa Apolline ou Pauline (toujours ce vague !) de Bédée. Avec l'argent gagné dans la course et la traite, il acheta pour relever l'éclat de sa maison un château féodal : c'était Combourg, que devaient immortaliser les récits de son fils.

M. de Chateaubriand père avait une seule passion : celle de son nom. Son avarice, sa dureté, ses colères, ses ambitions, tout tournait autour de ce nom dont il fallait soutenir le rang. On imagine le rôle que devait jouer l'argent dans une telle existence. En gagner était l'une des servitudes constantes de cette lignée de gentilshommes, les uns prodigues, les autres avares, dont la devise commune était : « Je sème l'or. »

Tout ce que nous savons de M. de Chateaubriand, de son silence amer et de ses emportements, de Mme de Chateaubriand qui était « noire, petite, et laide », de leurs enfants et surtout de Lucile, nous passionne à cause de François-René. Mais si le *Génie du christianisme* n'avait pas été écrit, ces destins parmi d'autres, où nous croyons désormais deviner déjà l'annonce et la promesse du génie, se perdraient dans le temps et dans la multitude. La gloire des grandes âmes prête aussi son éclat aux origines et à l'entourage de vies presque sacrées où le secret du génie est inlassablement cherché.

Passons sur les nourrices, sur la grand-mère et l'oncle, sur le château de Monchoix, propriété des Bédée où l'enfant fut voué, pour sept ans, à Marie et au bleu et au blanc. Deux traits déjà se laissent deviner chez lui : la violence et la mélancolie. Elles l'entraînent irrésistiblement vers les garnements d'une part et vers la mer de l'autre. « Les polissons de la ville » et les « lointains bleuâtres » devinrent ses plus chers amis. Déboutonné, débraillé, ses chemises en loques, ses bas troués, le visage barbouillé, égratigné, meurtri, les mains noires, l'air d'un voyou, le chevalier de Chateaubriand aimait à quitter ses camarades pour aller s'asseoir « loin de la foule, auprès de ces flaques d'eau que la mer entretient et renouvelle dans les concavités des rochers ». Qu'allait devenir cet enfant de famille noble, « compagnon des flots et des vents », dont les plus vifs plaisirs étaient de se battre avec des voyous et contre les vagues et les orages ? Son sort était déjà fixé : il était « destiné d'avance à la rude vie d'un marin ».

Un des films de James Dean, *La Fureur de vivre*, dépeint les défis que se lancent l'un à l'autre les jeunes garçons américains du milieu du XXe siècle. Il y a en particulier une séquence assez célèbre qui montre une course de voitures vers une falaise à pic surplombant la mer de très haut : l'honneur veut que les voitures aillent s'écraser dans la mer et que les conducteurs courageux en sautent au dernier moment et le plus tard possible. Un récit de Chateaubriand annonce curieusement ces jeux d'audace d'aujourd'hui. Il n'y manque même pas le chef de bande fascinant qui s'appelle ici Gesril.

« Un autre jeu, inventé par Gesril, paraissait encore plus dangereux : lorsque la mer était haute et qu'il y avait tempête, la vague, fouettée au pied du château, du côté de la grande grève, jaillissait jusqu'aux grandes tours. À vingt pieds d'élévation au-dessus de la base d'une de ces tours régnait un parapet en granit, étroit, glissant, incliné, par lequel on communiquait au ravelin qui défendait le fossé : il s'agissait de saisir l'instant entre deux vagues, de franchir l'endroit périlleux avant que le flot se brisât et couvrît la tour. Voici venir une montagne d'eau qui s'avançait en mugissant, laquelle, si vous tardiez d'une minute pouvait ou vous entraîner, ou vous écraser contre le mur. Pas un de nous ne se refusait à l'aventure, mais j'ai vu des enfants pâlir avant de la tenter. » Ainsi s'exerce, hier comme aujourd'hui, l'ardeur des jeunes gens, pour qui vivre est plus que vivre.

Il fallait pourtant faire des études. Le jeune Chateaubriand fut mis pour quatre ans au collège que tenaient quelques abbés à Dol, entre Saint-Malo et Combourg. Après le spectacle de la mer, ce fut la révélation des livres.

La mer avait été liée à Chateaubriand à la mélancolie ; la lecture le fut d'emblée à la volupté des sens. De Virgile à Horace, de Tibulle aux *Confessions mal faites*, la littérature se présenta aux yeux éblouis et effrayés de Chateaubriand comme un monde enchanté et nouveau où les entraînements du cœur et les désordres de l'âme sont de biens doux et violents plaisirs.

Pendant les vacances, il retournait à Combourg. Au bout de quatre ans à Dol, son père l'envoya à Rennes. Il y passa deux ans. Et puis il partit pour Brest chercher son brevet d'aspirant. Il avait alors quatorze ans. Alas se produisit un de ces petits coups de tête qui changent peut-être pour toujours le cours d'une destinée. Un beau matin, Chateaubriand sentit en lui à la fois une envie de revoir Combourg et ses parents et une « impossibilité d'obéir ». Il quitta Brest et la mer, il partit brusquement pour Combourg où il tomba « comme des nues ». Le jeune Chateaubriand ne sera pas marin.

À ce point de la vie et de la carrière de l'Enchanteur, que savons-nous de lui, qu'avons-nous trouvé en lui qui annonce et laisse prévoir le génie ? Tout et rien. L'argent, la mer, l'orgueil, la violence, la tristesse du soir, le goût des orages du ciel et des orages du cœur. Il apprendra à aimer les fêtes et la liberté, et Chateaubriand sera né. Mais rien ne permet de prédire encore le talent et le génie. Tout est prêt, mais rien n'est fait. À la promesse des fleurs, les fruits répondront-ils ? Il en est de l'histoire des grands hommes comme de ces prophéties après-coup. Ce n'est que quand on connaît l'avenir qu'on en décèle aisément toutes les traces dans le passé. En 1785, personne n'eût prédit son avenir au jeune François-René. Personne ? Si, peut-être une personne : sa sœur Lucile. Mais l'amour l'aveuglait.

1785-1786. Ce sont des années de Combourg et des années de Lucile. François-René avait déjà passé plusieurs vacances dans ce vieux château auquel son nom est resté attaché. Mais il n'était alors qu'un enfant. C'est un adolescent qui revient maintenant pour y passer de longs mois. Après l'escapade de Brest, il avait fallu trouver à la vie du chevalier une orientation nouvelle. Il déclara que sa « volonté ferme » était d'embrasser l'état ecclésiastique. « La vérité, écrit Chateaubriand, est que je ne cherchais qu'à gagner du temps, car j'ignorais ce que je voulais. » L'absence de vocation peut être chez les jeunes gens le signe d'un néant spirituel comme d'un ardent qui se cherche. La littérature contemporaine nous offre vingt exemples frappants de ces destins éclatants – imaginaires ou réels – qui annoncent seuls un grand vide et presque un désespoir. Le jeune Proust, le jeune Buddenbrook, le jeune Jacques Thibault, tant d'autres encore cherchent contre leur famille qui leur veut du bien et voudrait les voir médecins, commerçants ou grands fonctionnaires, à gagner du temps, car ils ignorent ce qu'ils veulent.

François-René fut envoyé à Dinan achever ses humanités. Mais le plus clair et le plus cher de son temps se passa à Combourg.

Combourg était sinistre. Le vieux comte de Chateaubriand qui n'avait pas loin de soixante-dix ans se levait, hiver comme été, à quatre heures du matin. Il travaillait jusqu'à midi. Le travail consistait surtout à contempler l'arbre généalogique de la famille des Chateaubriand qui tapissait le manteau de la cheminée, tout en ruminant ses différents avec les propriétaires du voisinage. À onze heures et demie, on sonnait le déjeuner que l'on servait à midi. L'après-midi, promenade. À huit heures, la cloche annonçait le dîner. Que faisait pendant ce temps notre jeune chevalier? « Je n'avais aucune heure fixe ni pour me lever, ni pour le déjeuner* ; j'étais censé étudier jusqu'à midi :

* NDLA : Le déjeuner d'alors était, bien entendu, notre petit déjeuner, notre déjeuner était le dîner, et notre dîner, le souper.

la plupart du temps je ne faisais rien. » Ainsi mûrissent les chefs-d'œuvre et les grands destins.

Chaque soir, après le dîner, se répétait une scène que seul le cinéma pourrait rendre aujourd'hui avec sa force et sa grandeur. Écoutons Chateaubriand la retracer avec sa voix inimitable, en une page justement célèbre : « Le souper fini [...], mon père commençait une promenade qui ne cessait qu'à l'heure de son coucher. Il était vêtu d'une robe de ratine blanche, ou plutôt d'une espèce de manteau que je n'ai vu qu'à lui. Sa tête, demi-chauve, était couverte d'un grand bonnet blanc qui se tenait tout droit. Lorsqu'en se promenant il s'éloignait du foyer, la vaste salle était si peu éclairée par une seule bougie qu'on ne le voyait plus ; on l'entendait seulement encore marcher dans les ténèbres : puis il revenait lentement vers la lumière et émergeait peu à peu de l'obscurité, comme un spectre, avec sa robe blanche, son bonnet blanc, sa figure longue et pâle. Lucile et moi nous échangions quelques mots à voix basse quand il était à l'autre bout de la salle ; nous nous taisions quand il se rapprochait de nous. Il nous disait en passant : "De quoi parliez-vous ?" Saisis de terreur, nous ne répondions rien ; il continuait sa marche. Le reste de la soirée, l'oreille n'était plus frappée que du bruit mesuré de ses pas, des soupirs de ma mère et du murmure du vent. Dix heures sonnaient à l'horloge du château : mon père s'arrêtait ; le même ressort, qui avait soulevé le marteau de l'horloge, semblait avoir suspendu ses pas. Il tirait sa montre, la montait, prenait un grand flambeau d'argent surmonté d'une grande bougie, entrait un moment dans la petite tour de l'ouest, puis revenait, son flambeau à la main, et s'avançait vers sa chambre à coucher, dépendante de la petite tour de l'est. Lucile et moi, nous nous tenions sur son passage ; nous l'embrassions en lui souhaitant une bonne nuit. Il penchait vers nous sa joue sèche et creuse sans nous répondre, continuait sa route et se retirait au fond de la tour, dont nous entendions les portes se refermer sur lui. »

La sombre forteresse, son donjon, la forêt, les vastes salles, le vieillard, les femmes silencieuses faisaient à l'adolescent un cadre lugubre, effrayant et merveilleux. Le soir, avant de se coucher, sa mère et sa sœur lui demandaient de regarder sous les lits, dans les cheminées, derrière les portes. C'est qu'un certain comte de Combourg, à jambe de bois, mort depuis trois siècles, apparaissait à certaines époques et qu'on l'avait rencontré dans le grand escalier de la tourelle ; sa jambe de bois se promenait aussi quelquefois seule avec un chat noir. Ainsi grandissait dans la crainte et le tremblement, dans l'excitation du cœur et de l'imagination, le futur auteur d'*Atala*. Les motifs d'exaltation manquent encore, mais l'exaltation vide était déjà là, n'attendant pour éclater que les prétextes de la vie. « Tout devint passion chez moi, en attendant les passions mêmes. »

François-René de Chateaubriand connut toutes les passions de l'amour avant même de connaître, en dehors de sa sœur, l'être à qui vouer cet amour. Les sentiments qu'il devait prêter plus tard à ses héros romantiques, il les éprouve déjà, mais vides et sans objet. À Combourg, l'enfant devint homme. Comme Rancé qu'il devait imaginer plus tard : « Il invoquait la nuit et la lune. Il eut toutes les angoisses et toutes les palpitations de l'attente. » Aux cotés de Lucile, dont l'étrange violence s'accordait avec la sienne, il éprouvait avec frénésie les tourments, les destins flous, les élans insensés d'une adolescence exaltée. « Lucile et moi, écrit-il en une phrase révélatrice et qui jette autant de lueurs sur le romantisme contemporain que sur sa propre jeunesse, nous nous étions inutiles. » Cette « passion inutile » par laquelle Jean-Paul Sartre caractérise l'homme, Chateaubriand en donne, dans sa jeunesse d'abord, et toute sa vie ensuite, l'exemple le plus éclatant. Lucile, Combourg, les souffrances et les rêves, les délires, les forêts et les landes, cette attente passionnée, cette exaltation vide, c'est une passion inutile.

« Que de choses j'ai vainement attendues ! Un esclave, dans l'*Agamemnon* d'Eschyle, est placé en sentinelle au haut du palais d'Argos ; ses yeux cherchent à découvrir le signal convenu du retour des vaisseaux ; il chante pour solacier ses veilles, mais les heures s'envolent et les astres se couchent et le flambeau ne brille pas. » Ainsi attendait le jeune Chateaubriand dans le donjon de Combourg.

Aux débuts d'une existence, un choix fondamental – et d'ailleurs involontaire – s'offre souvent entre le plaisir et l'imagination. Le malheur et le vide sont peut-être les promesses du génie. Cet amour sans objet qu'éprouvait Chateaubriand aux côtés de Lucile, c'était *Atala* et *René* qui mûrissaient en lui. Dans la lande, dans les bois, sous l'étoile du soir, dans l'orage, sur l'étang, le chevalier annonçait ces grands moments du cœur qui allaient bouleverser deux siècles – et peut-être davantage. Il inventait l'amour, forgeait des femmes de rêve, s'imaginait un avenir de gloire, se désespérait sur lui-même, et puis, tout à coup, frappé de sa folie, se « roulai[t] dans sa douleur » et versait « de[s] larmes cuisantes que personne ne voyait et qui coulaient, misérables, pour un néant ».

« Ce délire dura deux années entières, pendant lesquelles les facultés de mon âme arrivèrent au plus haut point d'exaltation. [...] J'avais tous les symptômes d'une passion violente ; mes yeux se creusaient ; je maigrissais ; je ne dormais plus ; j'étais distrait, triste, ardent, farouche. Mes jours s'écoulaient d'une manière sauvage, bizarre, insensée et pourtant pleine de délices. »

On imagine aisément qu'une tentative de suicide était indispensable. Chateaubriand la raconte dans les *Mémoires d'outre-tombe.* Vers l'âge de seize ans il avait, par accident ou par bravade, frôlé la mort une demi-douzaine de fois. Passons sur ces incidents. Peut-être la mémoire ou les exigences du portrait les grossissent-ils un peu. Ce qui est certain, c'est que son père et sa mère finirent tous deux par s'inquiéter de leur chevalier. « Il est temps de vous décider, lui dit sa mère, mais avant d'entrer au séminaire, il faut vous bien consulter, car si je désire que vous embrassiez l'état ecclésiastique, j'aime encore mieux vous voir homme du monde que prêtre scandaleux. » « Abbé, écrit Chateaubriand, je me parus ridicule. [...] Je dis donc à ma mère que je n'étais pas assez fortement appelé à l'état ecclésiastique. » « Monsieur le chevalier, lui dit à son tour son père, il faut renoncer à vos folies. » Et le jeune Chateaubriand partit pour Cambrai ou l'attendait un brevet de sous-lieutenant au régiment de Navarre.

C'est à Cambrai que Chateaubriand apprit en septembre 1786 la mort de son père. Ce fut un nouveau changement de carrière et d'existence. Il fallut revenir à Combourg, procéder aux partages, puis son frère aîné insista pour le faire venir à Paris où une brillante carrière l'attendait. « Me faire comprendre l'ambition, dit Chateaubriand, à moi qui ne rêvais que de vivre oublié! » Ainsi vont les choses, se forgent les destins, se dessinent les projets.

Non seulement Chateaubriand gémit – déjà faible – pour se rendre à Paris, mais il fut présenté au roi à Versailles par le maréchal de Duras. « Tu seras nommé à la reine, lui avait dit son frère, et le roi te parlera. » Le roi ne lui dit pas un mot, mais le lendemain, à la chasse, en parlant du chevreuil abattu, il lui dit avec un gros rire : « Il n'a pas tenu longtemps. »

Entrecoupé de voyages en Bretagne, le séjour de Chateaubriand à Paris se poursuivit pendant trois ans. « – Que faisiez-vous donc ? – Je m'ennuyais. » Il finit par se lier avec quelques gens de lettres qui étaient amis des libertés et des esprits forts, Parny, Fontanes, Chamfort, Ginguené, Lebrun. Ce furent soupers et petites fêtes, souvent sous l'égide d'un magistrat âgé, M. de Malesherbes, avec qui le chevalier devenu vicomte avait de nombreuses conversations. Les mois passaient ainsi agréablement et sans but. Mais pendant ce temps la Révolution commençait.

« Je n'avais ni adopté ni rejeté les nouvelles opinions ; aussi peu disposé à les attaquer qu'à les servir [...]. » Dès la naissance de la Révolution française, Chateaubriand, bien éloigné encore de sa future carrière politique, présentait pourtant les symptômes de cette division contre lui-même dont il devait, plus tard, donner des preuves si nombreuses. Il admirait passionnément Rousseau dont il avait discuté des idées avec M. de Malesherbes. Mais la violence lui faisait horreur. Déjà libéral et traditionnaliste, il eût été déchiré s'il avait senti alors le besoin de prendre parti. Mais une certaine indifférence le sauva : il ne s'intéressait pas vraiment aux querelles du moment.

Quand ils ne parlaient pas de Rousseau, M. de Malesherbes et le jeune Chateaubriand s'entretenaient d'un étrange projet qui prit peu à peu corps dans leur esprit : il s'agissait de partir aux États-Unis pour découvrir le passage au nord-ouest de l'Amérique. Chateaubriand parle fort bien de ce que représentait alors pour lui ce rêve de l'imagination et de l'ambition plus encore que de l'aventure.

« Ce projet n'était pas dégagé de ma nature poétique. Personne ne s'occupait de moi ; j'étais alors, ainsi que Bonaparte, un mince sous-lieutenant tout à fait inconnu ; nous partions, l'un et l'autre, de l'obscurité à la même époque, moi pour chercher ma renommée dans la solitude, lui sa gloire parmi les hommes. » Après avoir consulté fiévreusement des cartes marines avec M. de Malesherbes, Chateaubriand se décida.

La situation politique – nous sommes au début de 1791 – devenait de plus en plus tendue. Il ne se sentait pas de goût pour l'engagement politique. Pourquoi ne pas mettre un océan entre ces luttes qui ne l'enflammaient pas et ses rêves intérieurs ?

Partir arrangeait tout: le problème de l'émigration ne se posait plus, il pouvait continuer à admirer Rousseau sans prendre part à ses crimes. En avril 1791, il s'embarqua à Saint-Malo pour les États-Unis. Il retrouvait avec délice la mer et les vagues de son enfance malouine.

Il faut lire dans les *Mémoires d'outre-tombe* les pages consacrées à ce voyage, à ces vagues qu'il aimait tant. La mer, la tempête, le vent qui emporte les vaisseaux – « on se fait un signe de loin: *à Dieu, va!* Le port commun est l'Éternité » –, la nuit à bord – « [e]nveloppé de mon manteau, je me couchais la nuit sur le tillac. Mes regards contemplaient les étoiles au-dessus de ma tête. [...] [J]e changeais de ciel en changeant de rêve » – la vie quotidienne des matelots, tout était fait dans ce voyage et dès les premiers jours pour exalter les rêves d'une sensibilité ardente. Le jeune Chateaubriand s'était pourtant imaginé que le fruit de son expédition allait être des études de mœurs et des découvertes géographiques. On n'échappe pas si aisément à son destin: c'était le peintre et le poète qui allaient servir le voyage.

Le vicomte nourrissait des illusions généreuses sur les institutions républicaines. « [P]lein d'enthousiasme pour les peuples classiques », il « cherchait partout la rigidité des premières mœurs romaines ». Les mœurs de l'Amérique le scandalisaient un peu. Une petite « négresse d'une beauté singulière » fut la première personne qu'il aperçut sur la côte : « ce fut une esclave qui me reçut sur la terre de la liberté. » Puis « le luxe des équipages, la frivolité des conversations, l'inégalité des fortunes, l'immoralité des maisons de banque et de jeu, le bruit des salles de bal et de spectacle » le choquèrent. Il avait une lettre de recommandation pour le général Washington : le grand homme le reçut. Mais quand notre voyageur lui expliqua ses projets d'exploration et de découvertes, le général ne fut pas chaud. C'était lui qui avait raison. Ce qui resterait de ce grand dessein, ce devait être des couleurs, des émotions et des mots. Rien de plus – mais c'était beaucoup.

De ce voyage en Amérique, la sensibilité de Chateaubriand allait sortir transformée. On a beaucoup épilogué sur l'itinéraire de ce voyage. Après Baltimore et Philadelphie, il avait, d'après ses propres récits, visité New York, Boston et Albany, remonté l'Hudson, fait de l'escalade romantique aux chutes du Niagara, visité les Grands Lacs et les monts Appalaches, descendu l'Ohio et le Mississippi. Dans l'article fameux paru en 1900-1901, dans la *Revue d'histoire* *littéraire de la France*, Joseph Bédier a contesté ses récits. Le temps matériel pour accomplir un tel trajet aurait manqué à Chateaubriand. Quoi qu'il en soit de ces débats de tourisme littéraire, l'influence sur Chateaubriand de ce voyage en Amérique aura été immense. Il n'est presque aucune de ses œuvres qui n'en portent les traces éclatantes. *Atala*, *René*, *Les Natchez*, une partie de l'*Essai sur les révolutions* et du *Génie du christianisme* et, bien entendu, le *Voyage en Amérique* (qui ne sera publié qu'en 1827) sortent tout droit des forêts d'Amérique et des clairs de lune – imaginés ou non – sur le Meschacebé : « Méditations enchantées ! charmes secrets et ineffables d'une âme jouissante d'elle-même, c'est au sein des immenses déserts de l'Amérique que je vous ai goûtés à longs traits ! » La lune, les campements d'Indiens le soir, la mélancolie d'une nature sauvage et délicieuse, la douceur de la lueur* dans le silence des nuits entrent désormais dans la mythologie de Chateaubriand pour ne plus en sortir. Après Combourg et après la mer, les forêts d'Amérique sont le troisième décor de la sensibilité de l'Enchanteur.

*NDÉ : Mot déduit à partir du contexte.

Un soir, à l'étape, un journal tombe entre les mains de Chateaubriand : il annonce la fuite du roi à Varennes. La nouvelle bouleverse Chateaubriand. Peut-être aussi commençait-il à se fatiguer des forêts américaines. Les décisions de Chateaubriand peuvent toujours s'expliquer par plusieurs registres différents. La fidélité personnelle et le goût des changements jouent certainement l'un et l'autre. Le 10 décembre 1791, il s'embarque pour Le Havre. Il y débarque le 2 janvier 1792.

Quelle va être dans ces mois si bouleversés d'événements, à son retour dans une France transformée de fond en comble, l'occupation principale de Chateaubriand : la guerre, la politique, la littérature militante ? Point du tout ! Il prend en quelques semaines, ou quelques jours, la plus désastreuse décision de sa carrière : il se marie.

Était-ce même une décision ? Ce génie si orgueilleux, en un sens si ambitieux, si porté en tout cas à tous les orages du cœur, était dans la vie quotidienne d'une invraisemblable faiblesse qui n'était peut-être qu'un aspect d'une indifférence fondamentale. Lucile le poussera beaucoup à épouser Céleste Buisson de La Vigne. Il céda en baissant les épaules. Il est extrêmement probable qu'il n'aima jamais sa femme. Elle n'était guère jolie, et elle l'aima. Jusqu'à la fin de ses jours, il eut à subir cet amour qui n'était pour lui qu'une entrave. Elle n'ajouta rien sans doute à son bonheur et elle le priva en partie de ce bien suprême qu'il aimait par-dessus tout : la liberté. Ce sont d'autres femmes que la sienne qui allaient marquer la vie de Chateaubriand de ces élans, de ces tourments, de ces larmes qui allaient tant contribuer à la légende de sa vie.

Là encore, le bonheur eût peut-être nui au poète. Chateaubriand n'était pas fait pour le bonheur. Il était fait surtout pour les amours malheureuses. Mme de Chateaubriand allait au moins permettre à son illustre mari de ne plus goûter jamais que des amours coupables.

Marié au mois de mars, Chateaubriand inaugura fort vite une habitude qui devait lui rester chère. Il la quitta trois mois plus tard. Il avait trouvé ses amis de Paris fort partagés sur les idées nouvelles. Chamfort était violemment pour, M. de Malesherbes, l'admirateur de Rousseau, était violemment contre. Chateaubriand décida d'émigrer avec au cœur cette division contre lui-même si caractéristique de toute son existence. Il jugeait que l'émigration était une sottise et une folie, il continuait d'aimer Rousseau et il partit pour Bruxelles.

Toute sa vie, Chateaubriand, au lieu de tirer, dans ses actions, la conclusion de ses opinions, semblera au contraire entraîné par ses actes dans une vie qu'il n'avait guère choisie mais qu'il assumera dès lors avec honneur. Il n'avait pas envie de fréquenter la cour et il se laisse présenter à Louis XVI ; il n'avait pas envie de l'épouser et il se laisse marier à Céleste Buisson de La Vigne ; il n'avait guère envie d'émigrer et il se retrouve en Belgique. Merveilleuse indifférence au fond de tant de passion désespérément inutile !

Bruxelles, Liège, Cologne, Coblence, Trèves : les nouveaux émigrés sont toujours accueillis avec un peu de méfiance par les anciens émigrés. Mais Chateaubriand était courageux, il se fit vite adopter et finalement, il est blessé. Fièvre, gangrène, on l'expédie en Angleterre. Adieu définitif aux « héros de la domesticité ».

L'époque qui commence alors dans la vie de Chateaubriand est pénible et presque misérable. Il se retrouve en Angleterre avec une santé délabrée, sans un sou en poche, vivant à peu près d'expédients, donnant des leçons par ci par là, recevant de temps en temps d'un oncle ou d'un ami de quoi vivre pendant quelques jours. Ses médecins lui disaient : « Ne comptez pas sur une longue carrière. » Il n'est plus un adolescent à qui tout est supportable ; c'est un homme de vingt-cinq ans à qui la vie n'épargne pas les épreuves. On imagine, après la leçon de mélancolie et d'imagination que lui avaient donnée et la mer et Combourg, après la leçon de poésie des forêts d'Amérique, quelle leçon d'ambition dut être pour lui l'Angleterre. Dans la vie de ceux qui seront plus tard grands, les obstacles font lever les rêves et germer les passions. Pour l'un c'est un pied bot, pour l'autre la misère, pour l'autre encore l'humiliation. Chateaubriand connut à Londres de fécondes amertumes.

La faim, le suicide de ses compagnons, la pauvreté extrême, l'incompréhension des anti-émigrés, rien ne lui fut épargné. Il n'était pas pour l'ancien régime, il n'était pas pour la Révolution. Il méprisait ceux qui haïssaient Rousseau ; il haïssait ceux qui se réclamaient de lui. Alors ? Alors, il écrit dans sa mansarde l'*Essai sur les révolutions*. L'ouvrage est « dédié à tous les partis ». « Chaque mot y contredit le mot qui suit, c'est une sorte d'orgie noire d'un cœur blessé, d'un esprit malade, d'une imagination qui reproduit les fantômes dont elle est obsédée. C'est du Rousseau, c'est du *René*, c'est un dégoût de tout, de l'ennui de tout. » « Je ne hais point, écrit Chateaubriand, une constitution plus qu'une autre [...]. Elles me sont toutes parfaitement indifférentes : mes mœurs sont de la solitude et non des hommes. » Ces déclarations, on le conçoit aisément, ne devaient plaire à personne. Sur Dieu lui-même, le futur auteur du *Génie du christianisme* est un peu hésitant. « Il est un Dieu pour lui, moi c'est un dieu ignoré, plus proche du théisme du XVIIIe que du catholicisme militant. » Il s'interroge sur la religion qui remplacera le christianisme. André Maurois rapporte que, sur un exemplaire de l'ouvrage, à propos du système chrétien, Chateaubriand écrit de sa main « personne n'y croit plus » et en marge des mots : « Dieu, la matière, la fatalité ne font qu'un », il ajoute « voilà mon système, voilà ce que je crois... Comment croire qu'un Dieu intelligent nous conduit ? Il y a peut-être un dieu, mais c'est le dieu d'Épicure. » Ses ennemis auront beau jeu, plus tard, d'opposer à la gloire du restaurateur du christianisme les idées de l'*Essai*.

Mais les plus belles pages de l'*Essai* – qui deviendraient par un de ces transferts incessants celles qui font le désespoir des écoliers égarés et transportés dans le *Génie du christianisme* –, ce sont celles qui reflètent encore les nuits étoilées des forêts d'Amérique. La veine d'*Atala* apparaît déjà dans l'*Essai*. La lune fait bizarrement des apparitions éclatantes entre deux réflexions sur le destin des sociétés, et les révolutions sidérales se mêlent ainsi aux réflexions politiques : « La lune était au plus haut point du ciel : on voyait çà et là, dans de grands intervalles épurés, scintiller mille étoiles. » La baguette de l'Enchanteur se levait ainsi pour la première fois dans le ciel de la littérature.

L'*Essai sur les Révolutions* paraît à Londres en 1796. La même année, alors que Napoléon Bonaparte est nommé général en chef de l'armée d'Italie, sont publiés coup sur coup quatre autres livres qui ne sont pas sans signification pour l'histoire des idées à la fin du XVIIIe siècle en France. *De l'influence des passions sur le bonheur* de Mme de Staël, *Considérations sur la France* de Joseph de Maistre, *Théorie du pouvoir politique et religieux dans la société civile* de Louis de Bonald et les *Harmonies de la nature* de Bernardin de

Saint-Pierre*. Aucun de ces cinq livres n'est un chef-d'œuvre immortel. Chacun d'eux contribue à jeter sur différents aspects de cette époque de déchirements et de passages des lueurs qui ne sont pas sans mérite.

Pendant que Chateaubriand écrivait ainsi l'*Essai sur les révolutions*, il était le héros de l'une de ces aventures qu'il allait collectionner tout au long de sa vie : une femme tombait amoureuse de lui. C'était la fille du pasteur, elle s'appelait Charlotte Ives. Parce que ce fut Chateaubriand qui la rendit malheureuse, son nom sera légué, passant de génération en génération. Un soir, la mère de Charlotte se décida à avouer à Chateaubriand, dont elle pensait fort peu de chose, l'amour que lui portait sa fille. « Je me jetai aux genoux de Mrs Ives [...]. Elle croyait que je pleurais de bonheur, et elle se mit à sangloter de joie. Elle étendit le bras [...] : "Arrêtez ! m'écriai-je ; je suis marié !" » Mme de Chateaubriand commençait à donner aux amours de son mari ce parfum de malheur qui font leur charme éternel.

* NDÉ : Ouvrage paru à titre posthume en 1823.

D'autres chagrins devaient marquer le séjour à Londres de François de Chateaubriand. Il avait appris successivement la mort sur l'échafaud de son frère, de M. de Malesherbes et de plusieurs membres de sa famille, puis la fin de sa mère et de sa sœur Julie. Avant de mourir elle-même, la belle Julie lui avait annoncé la mort de leur mère en une lettre sévère et fameuse où elle lui disait notamment : « Si tu savais combien de pleurs tes erreurs ont fait répandre à notre respectable mère, combien elles paraissent déplorables à tout ce qui pense et fait profession non seulement de piété, mais de raison ; si tu le savais, peut-être cela contribuerait-il [...] à te faire renoncer à écrire... » Admirable lettre ! Adressée au futur chantre de la religion catholique, quelle réflexion ne fait-elle pas naître sur l'ironie des destins et sur la signification d'une vie ? Cette mort qui devait l'inciter à « renoncer à écrire » le jeta au contraire dans la rédaction d'un ouvrage, mais consacré cette fois-ci aux « beautés poétiques et morales de la religion chrétienne ». C'était le futur *Génie du christianisme*.

« Ces deux voix sorties du tombeau, écrit Chateaubriand, cette mort qui servait d'interprète à la mort, m'ont frappé. Je suis devenu chrétien. Je n'ai point cédé, j'en conviens, à de grandes lumières surnaturelles : ma conviction est sortie du cœur ; j'ai pleuré et j'ai cru. » Il retrouvait ainsi la formule de Pascal : « Voilà ce que c'est que la foi : Dieu sensible au cœur. »

Pendant que mûrissait ainsi dans l'esprit d'un Chateaubriand converti le grand poème en prose du christianisme moderne, les souvenirs d'Amérique continuaient de le hanter. Un long manuscrit de deux mille trois cent quatre-vingt-trois pages était consacré à cette terre*, à ces forêts et à ces tribus indiennes dont il avait tant rêvé. Londres avait ainsi vu le génie de Chateaubriand se développer parallèlement dans trois directions différentes. Les préoccupations politiques avec l'*Essai sur les révolutions*, les préoccupations religieuses avec le futur *Génie du christianisme*, et les préoccupations poétiques avec le manuscrit de deux mille trois cent quatre-vingt-trois pages qui devait devenir *Les Natchez*. Entre ces trois textes* des échanges perpétuels se font. Nous avons déjà vu dans l'*Essai* à paraître la fameuse *Nuit chez les Sauvages d'Amérique* qui était d'abord destinée aux *Natchez* et qui finira dans le *Génie* ; *Atala* et *René* étaient primitivement des épisodes de l'épopée américaine et figureront aussi

*NDÉ : Mot déduit à partir du contexte.

dans le *Génie* après avoir été publiés séparément. Ainsi, entre la politique, la religion, la poésie n'existent pas, pour Chateaubriand, de limites rigoureuses. Le genre poétique les emporte dans un même élan, fort éloigné des cohérences abstraites de la philosophie mais plein de fougue et d'imagination.

En France, cependant, Bonaparte mettait fin à la Révolution en la confisquant à son profit. Les émigrés – surtout les plus riches qui avaient plus à sauver – commençaient à rentrer : « La fidélité périssait par la tête. » En mars 1800, Chateaubriand partit pour Calais sous un faux nom. Il « abord[a] en France avec le siècle. » C'était la fin du malheur et de l'exil londonien. Comme à toutes les âmes bien nées où la sensibilité du cœur le dispute à l'audace de l'imagination, comme à Mozart, comme à Corneille, comme à Pétrarque, comme à Musset, il fallait maintenant, comme l'écrira plus tard M. le vicomte de Chateaubriand, « de la gloire pour se faire aimer ».

Le retour à Paris à l'aube du XIXe siècle, ce fut pour Chateaubriand essentiellement deux choses : un cercle d'amis et la restauration religieuse. Sur un point, les événements en France avaient marché à peu près parallèlement avec les sentiments de Chateaubriand : c'était sur le plan religieux. La mort de sa mère avait fait « revenir du scepticisme de l'*Essai* à la certitude du *Génie du christianisme* » un Chateaubriand sentimental. Les exigences politiques incitaient un Bonaparte raisonnable à rétablir sur un peuple agité et à son propre bénéfice l'autorité de la religion. De cette conjonction tout accidentelle semblait naître en Bonaparte et Chateaubriand un parallélisme qui ne fut jamais dans leurs intentions et qui allait amener les pires malentendus. Mais entre 1800 et 1803 (la signature du Concordat est du 15 juillet 1801, le *Génie du christianisme* est publié le 14 avril 1802), les événements, en tout cas, vont dans le sens de l'évolution de Chateaubriand, la renforcent et la confirment. Enfermé « au fond de son entresol » parisien, il travaille d'arrache-pied à « retrancher, augmenter, changer les feuilles du *Génie du christianisme* ». Pendant qu'il reprend contact avec Paris, avec la France d'au-delà le déluge et la Révolution – « La France m'était aussi nouvelle que me l'avaient été autrefois les forêts de l'Amérique » –, qu'il s'étonne de tout ce qu'il voit

– les décombres encore chauds, le luxe déjà renaissant –, qu'il perd « une longue habitude de parler, d'écrire, et même de penser en anglais », il prépare sa gloire de demain.

« Cependant le monde ordonné commençait à renaître. » L'émigré rentré allait y trouver sans peine une place et des amis. Trois noms surtout allaient compter dans sa vie: Fontanes, Joubert, Pauline de Beaumont. Fontanes, c'était l'ami de Londres. Écrivain classique, émigré en Angleterre, il devait atteindre aux honneurs successifs de l'Empire et de la Restauration. Sénateur d'Empire, il devait voter la déchéance de Napoléon et devint pair de France sous la Restauration. C'est de lui que tout devait sortir; il présenta d'abord Chateaubriand à la sœur de Bonaparte, Élisa Baciocchi, qui était sa maîtresse: c'étaient les voies du pouvoir qui s'ouvraient à l'émigré. Il le présenta ensuite à son ami Joubert et une profonde amitié s'établit entre les trois hommes. Grâce à Fontanes et à Joubert, Chateaubriand allait connaître successivement Constant, Pasquier, Molé, Bertin, Chênedollé, Bonald, Mme de Staël et Mme Récamier. Il allait connaître surtout Pauline de Beaumont dont Joubert était amoureux.

« Mme de Beaumont ouvre la marche funèbre de ces femmes qui ont passé devant moi. » Quand Chateaubriand lui fut présenté, elle était déjà frappée à mort. « Plutôt mal que bien », elle avait le charme de ces êtres condamnés. Fille de Montmorin, le ministre de Louis XV, mariée à un homme qu'elle n'avait jamais aimé, elle avait subi avec un courage admirable les tourments de la Révolution et la ruine de sa santé. Elle crachait le sang. Ce malheur et ce courage, cette passion rentrée, la force des sentiments et la faiblesse du corps devaient séduire Chateaubriand. Elle l'admirait et elle l'aima.

Rue Neuve-du-Luxembourg où habitait Mme de Beaumont et à Villeneuve-sur-Yonne où elle passait quelques mois, des liens se formèrent ainsi entre les esprits et les corps. « C'est peut-être la dernière société où l'esprit français de l'ancien temps ait paru. »

Chateaubriand brûlait de donner sa mesure. Ses amis l'encourageaient. Le *Génie du christianisme* n'était pas encore mûr. Il se décida à en publier un fragment, destiné primitivement à figurer dans *Les Natchez*. Ce fut *Atala*, qui parut en avril 1801.

Atala fut un triomphe. « C'est de la publication d'*Atala* que date le bruit que j'ai fait dans ce monde:

je cessai de vivre de moi-même et ma carrière publique commença. »

L'exotisme, le romantisme naissant, le charme du style, l'enchantement des couleurs étaient nouveaux pour les Français. Ils les changeaient de la guerre et de la Révolution, du classicisme vieilli ; ils prolongeaient la voie ouverte par Rousseau et par Bernardin de Saint-Pierre, mais avec un éclat et une magnificence qui déchaînèrent l'enthousiasme. L'odeur des crocodiles, les tamarins, les flamants roses, les buffles, les bignonias, les coloquintes, les tulipiers, les alcés, les magnolias, les caribous montèrent à la tête des Français ; et comme il est de règle en pareil cas, l'opposition des classiques ne fit que contribuer au succès de l'ouvrage. On se moquait de l'auteur, on le portait aux nues, on l'aimait, on l'imitait, on fulminait contre lui. Le vicomte de Chateaubriand faisait l'apprentissage de la gloire. « Je vis sur un théâtre du boulevard ma sauvagesse coiffée de plumes de coq, qui parlait de l'*âme de la solitude* à un sauvage de son espèce, de manière à me faire suer de confusion. On représentait aux Variétés une pièce dans laquelle une jeune fille et un jeune garçon, sortant de leur pension, s'en allaient par le coche se marier dans leur petite ville ; comme en débarquant ils ne parlaient, d'un air égaré, que crocodiles, cigognes et forêts, leurs parents croyaient qu'ils étaient devenus fous. Parodies, caricatures, moqueries m'accablaient. L'abbé Morellet, pour me confondre, fit asseoir sa servante sur ses genoux et ne put tenir les pieds de la jeune vierge dans ses mains, comme Chactas tenait les pieds d'Atala pendant l'orage [...].

Tout ce train servait à augmenter le fracas de mon apparition. Je devins à la mode. La tête me tourna : j'ignorais les jouissances de l'amour-propre, et j'en fus enivré. J'aimai la gloire comme une femme, comme un premier amour. »

Un an presque jour pour jour après *Atala*, parut le *Génie du christianisme*. C'était le grand spoutnik après le bébé-lune, et – avant les *Mémoires d'outre-tombe* – l'œuvre centrale de Chateaubriand. Toute sa carrière allait en sortir, toute sa vie allait en être orientée. Il restera le chantre du catholicisme renaissant. Jusqu'à la fin de ses jours, il sera prisonnier de cette œuvre – prisonnier assez libre, il est vrai, puisque sa vie quotidienne ne sera qu'un pâle et vague reflet des principes rigoureux du catholicisme militant. Mais quelles qu'aient pu être les divergences entre les pratiques de la vie quotidienne et les théories soutenues, Chateaubriand sera désormais le soutien officiel de l'Église catholique en France. Bonaparte avait rouvert les églises, c'est le *Génie du christianisme* qui allait les repeupler.

Par un assez admirable paradoxe c'est chez sa maîtresse que Chateaubriand termina en 1801 son apologie du catholicisme. Pauline de Beaumont ne manquait pas de courage. Elle se savait condamnée. Elle vécut six mois de bonheur dans une maison qu'elle avait louée près de Paris, à Savigny-sur-Orge, et où Chateaubriand la rejoignit. Il n'était guère question de Mme de Chateaubriand, restée sagement en Bretagne.

L'amour, les étoiles le soir, le travail commun, la société d'amis sûrs, les visites de Lucile et de Joubert – dont les sentiments devaient être un peu mélangés –, toute cette période enchantée entre la jeunesse et la gloire est passionnée et sereine. Chateaubriand se sentait heureux, il était, comme nous disons aujourd'hui, « dans le sens de l'histoire », il était jeune, aimé, déjà très connu. La gaieté régnait à Savigny-sur-Orge. Seuls peut-être l'admiration et l'amour de Pauline pour René cachaient-ils sous la tendresse du courage la mélancolie et le désespoir.

Le 14 avril 1802, le *Génie du christianisme* paraissait : le 16 avril, le Concordat ratifié était rendu public ; le 18 avril, toutes les églises de France étaient officiellement ouvertes et un *Te Deum* marquait à Notre-Dame-de-Paris la solennité de Pâques. Le Premier consul y assistait. « Il n'y manquait, selon la célèbre formule du général Delmas, que les cent mille hommes qui se sont fait tuer pour supprimer tout cela. »

Comme *Atala*, le *Génie* fut un triomphe. Un triomphe discuté, très discuté, mais un triomphe. « Quoique le succès de mon grand livre fût aussi éclatant que celui de la petite *Atala*, il fut néanmoins plus contesté : c'était un ouvrage grave où je ne combattais plus les principes de l'ancienne littérature et de la philosophie par un roman, mais où je les attaquais directement par des raisonnements et des faits. L'empire voltairien poussa un cri et courut aux armes. » En vérité, le système apologétique était la partie la plus faible de l'ouvrage. Ce qui allait marquer le siècle entier, c'était son souffle, sa couleur, sa poésie. Lamartine, Lamennais, Lacordaire allaient en subir l'influence directe ou indirecte. Toute l'école historique du XIXe siècle allait sortir du *Génie*. La littérature religieuse et biblique recevait de nouveau droit de cité. L'architecture gothique était réhabilitée : Hugo, Michelet et Renan ne feront que progresser dans cette voie. La critique historique, enfin, est en germe dans le *Génie* : Sainte-Beuve et Taine sont les successeurs de Chateaubriand.

Sur le moment même, cette postérité éclatante était encore cachée. Mais le succès fait à l'ouvrage par ses contemporains était doux à l'orgueil du vicomte. « Je voulais un grand bruit, dit Chateaubriand, dans une de ses formules admirables dont il a le secret, afin qu'il montât jusqu'aux oreilles* de ma mère [...]. » Il monta aussi à beaucoup d'oreilles de femmes vivantes et plus ravissantes sans doute que les deux Mmes Chateaubriand ensemble, la défunte et la vivante. « Politesse réelle ou curieuse faiblesse, je me laissais quelquefois aller jusqu'à me croire obligé de remercier chez elles les dames inconnues qui m'envoyaient leurs noms avec leurs flatteries : un jour, à un quatrième étage, je trouvai une créature ravissante [...]. Une Polonaise m'attendait dans des salons de

*NDÉ : La citation exacte de Chateaubriand est : « Je voulais un grand bruit, afin qu'il montât jusqu'au séjour de ma mère... ». L'auteur, par un lapsus certainement (in)volontaire, l'a détournée.

soie [...]. Toutefois je le dois dire : m'eût-il été facile d'abuser d'une illusion passagère, l'idée d'une volupté advenue par les voies chastes de la religion révoltait ma sincérité : être aimé à travers le *Génie du christianisme*, aimé pour l'*Extrême-Onction*, pour la *Fête des Morts* ! Je n'aurais jamais été ce honteux tartufe. » Non, Chateaubriand n'était pas un tartufe mais, Sainte-Beuve l'avait bien dit, c'était « un épicurien qui avait l'imagination catholique* ». Il ne fut insensible ni au succès de son œuvre ni au succès qu'il lui valut.

« Quoiqu'il en soit, la littérature se teignit des couleurs de mes tableaux religieux [...] c'est moi qui ai rappelé le jeune siècle à l'admiration des vieux temples. [...] Maintenant, dans la supposition que mon nom laisse quelque trace, je le devrai au *Génie du christianisme* : sans illusion sur la valeur intrinsèque de l'ouvrage, je lui reconnais une valeur accidentelle ; il est venu juste et à son moment. » Cette fausse modestie le caractérise grandement.

Les Français avaient un grand « besoin de foi, une avidité de consolations religieuses ». Ils allaient reconnaître leurs aspirations dans le *Génie du christianisme*

*NDÉ : C'est en réalité Chateaubriand qui s'est décrit en ces termes à Sainte-Beuve.

et Chateaubriand devenait d'un coup le premier écrivain de l'ordre renaissant.

Bonaparte et Chateaubriand ouvraient d'un même pas catholique la procession du siècle. Dans l'épître dédicacé « Au Premier consul Bonaparte », Chateaubriand écrivait : « On ne peut s'empêcher de reconnaître dans vos destinées la main de cette Providence qui vous avait marqué de loin pour l'accomplissement de ses desseins prodigieux. » Il allait, plus tard, regretter ces effusions. Mais, dans le présent, elles allaient le servir.

« Ma vie se trouva toute dérangée aussitôt qu'elle cessa d'être à moi. J'avais une foule de connaissances en dehors de ma société habituelle. » Ce dérangement et ces connaissances étaient les fruits souvent paradoxaux de l'apologie du christianisme, leurs conséquences immédiates allaient être des nouvelles aventures amoureuses d'abord, l'expatriation ensuite.

Parmi les femmes que la gloire avait jetées aux pieds ou au cou de Chateaubriand, l'une au moins mérite quelques mots : c'est Delphine de Sabran, marquise de Custine. La Révolution qui l'avait rendue veuve en guillotinant son mari l'avait jetée du même coup dans les aventures les plus romanesques. Blonde, jolie, avec des dents ravissantes, Mme de Custine était timide, presque sauvage, fort tendre et assez facile. Elle détestait le monde mais elle aimait les hommes. Sa mère avait été la maîtresse du chevalier de Boufflers, elle-même avait eu pour amant Alexandre de Beauharnais, le premier mari de l'impératrice Joséphine, Boissy d'Anglas, Grouchy, et le fameux général Miranda. L'amour crée aussi entre les noms illustres d'une même époque des liens romanesques imprévus et qui font rêver. Chateaubriand délaissa quelque peu pour la blonde Delphine la languissante Pauline de Beaumont. De temps en temps, il accordait quelques heures à Mme de Chateaubriand. Il passait la voir en toute hâte en Bretagne : « Je ne pus rester que vingt-quatre heures auprès de ma femme [...] et je regagnais Paris. » Et il courait retrouver ses belles admiratrices.

L'histoire, cependant, continuait son cours. « Tandis que nous étions occupés du vivre et du mourir vulgaires, la marche gigantesque du monde s'accomplissait ; l'homme du temps prenait le haut bout dans la race humaine. [...] Bonaparte battait le rappel des destinées. »

Toute sa vie, Chateaubriand allait être sensible à cette poésie de l'action dont il transfigurerait les servitudes. Rien de plus éloigné de ce poète de la mélancolie et du vague* des passions que la tour d'ivoire de l'artiste, que l'isolement du penseur. Ce qu'il aime, c'est rêver sur l'histoire. L'envie le prit d'y participer de plus près. Fontanes et sa maîtresse Élisa allaient pouvoir le servir : il en fit le siège et en mai 1803 Bonaparte jeta les yeux sur lui et le nomma secrétaire à l'ambassade de France à Rome.

« L'idée d'être quelque chose ne m'était jamais venue ; je refusai net. » La correspondance de Chateaubriand ne confirme guère ces déclarations hautaines. Sans doute est-il plus exact dans cet autre commentaire : « J'acceptai la place [...], sans être le moins du monde convaincu de mon utilité au poste où l'on m'appelait : je ne vaux rien du tout en seconde ligne. » Mais l'ambition n'était pas seule en cause. Les médecins recommandaient le climat de l'Italie à Pauline de Beaumont : « Moi allant à Rome, elle se résoudrait à passer les Alpes : je me sacrifiai à l'espoir de la sauver. » Chateaubriand se sacrifiait-il vraiment en acceptant un poste qu'il avait appelé de ses vœux ?

*NDÉ : Mot déduit à partir du contexte.

Non, il ne se sacrifiait pas, mais il sacrifiait son amour pour Mme de Custine. Accepter Rome, c'était abandonner Delphine pour Pauline, qu'il avait délaissée pour Delphine. La diplomatie pour Chateaubriand se peignait, on le voit, aux couleurs des sentiments, du cœur et de l'irrésolution amoureuse. Le chantre du catholicisme se résolut à aller rejoindre le poste que lui confiait auprès du Saint-Siège le fils de la Révolution en choisissant entre ses deux maîtresses. Il écrivit quelques lettres admirables à Mme de Custine : « Je suis, je vous assure, à moitié fou, et je crois que je finirai par donner ma démission. L'idée de vous quitter me tue [...] » et il partit pour Rome.

Sa femme, son autre maîtresse et l'amoureux de celle-ci, le fidèle Joubert, se préparent à le rejoindre. « J'entrais dans la politique par la religion : le *Génie du christianisme* m'en avait ouvert les portes. » Ainsi vont la vie, l'histoire et l'immortalité. Une nouvelle carrière commence. Les années de formation, les années de lutte, les années de misère étaient désormais terminées. M. le vicomte de Chateaubriand entrait, d'un pas léger, dans les gloires de ce monde.

J'imagine Chateaubriand au col du mont Cenis, dans ces instants qu'il aimait où quelque chose finit et où quelque chose commence. « L'Italie à mes pieds, et devant moi le monde. » Après « les vieilles forêts de l'Amérique », c'étaient les vieilles cités d'Europe, après l'exil et la tristesse, c'étaient l'amitié des grands et les rôles officiels. Il devait penser à Delphine et à Pauline, à sa fidélité aux Bourbons et au Premier consul, le moins possible à sa femme, avec attendrissement peut-être ou avec un secret plaisir aux incroyables contradictions de sa carrière et de son cœur. À la mélancolie qu'il avait inventée s'unissait en lui une très grande aisance à vivre. Les longs desseins, les plans mûris, l'obstination sournoise n'étaient pas son fait: en cela, il n'était pas ambitieux. Incapable, en revanche, de se refuser ce qu'il aimait, de renoncer à ce qu'il désirait, il laissait sa vie naître au jour le jour des actes successifs souvent contradictoires mais toujours spontanés qui en tissaient la trame. Être marin, revenir à Combourg, devenir prêtre, être présenté à la cour, partir pour l'Amérique, voir Washington, se marier, émigrer, être blessé au service de la monarchie légitime, partir pour l'Angleterre, revenir en France, croire à Rousseau, croire en Dieu, croire au pape, servir le Premier consul, aimer l'une ou l'autre – tiens? c'était donc cela sa vie? Oui, c'était cela. Tout cela, il l'avait voulu, fortement parfois, mais sans suite, sans dessein parfois, sans conviction vraie: « [...] un désespéré et désespérant: "Qu'est-ce que cela fait?" » Et puis tous ces desseins ensemble finissaient par faire une vie. Ce n'était pas une vie qui avait produit des actes: c'était une suite d'actes qui finissaient à la longue par constituer une vie. Et puis le style, l'élan poétique, les transfigurations de l'imagination, un mélange de mélancolie, de grandeur hautaine, de soumission au destin, de peines profondes et justes, il faut le dire en un mot: le génie donnait un sens à ces tentations perpétuelles, à cette ardeur et à cette tristesse de vivre. Indifférence fondamentale, désirs violents et brefs, orgueil, mélancolie, voilà les traits de ce caractère qui devait pouvoir faire beaucoup de mal aux autres en s'en étonnant lui-même parce qu'il avait le cœur bon; mais cette imagination si puissante ne s'intéressait guère aux réactions des autres; et puis elle oubliait vite. Là encore, sous les actes, il ne voyait pas toujours la vie continuer, se faire et se défaire; c'étaient des bouffées de désir, des déchirements, des cris sincères ; et puis, tout était entraîné par le temps qui passe, emportant avec lui tous les élans du cœur et de l'imagination.

Enfin, après les forêts de l'Amérique, voici les grands souvenirs des vieilles cités de l'Europe, après Milan, Florence, Sienne et Radicofani, Chateaubriand entre à Rome : « J'arrivai à ma destination le 27 juin (1803) au soir, avant-veille de la Saint-Pierre [...]. Le 28 juin, je courus tout le jour : je jetai un premier regard sur le Colisée, le Panthéon, la colonne Trajane et le château Saint-Ange. Le soir, [...] [o]n apercevait la girandole de feu de la coupole de Michel-Ange, entre les tourbillons des valses qui roulaient devant les fenêtres ouvertes ; les fusées du feu d'artifice du môle d'Adrien s'épanouissaient à Saint-Onuphre, sur le tombeau du Tasse : le silence, l'abandon et la nuit étaient dans la campagne romaine. »

Rome se présentait ainsi sous des aspects de fêtes au jeune diplomate et à l'illustre écrivain. « La place que j'occupe est charmante, rien à faire, maître de Rome, choyé, prôné, caressé. La seule chose qui me manque, c'est l'argent. Il me faut une voiture. C'est l'usage. » Et encore : « Je regardais par-dessus les toits, dans la maison voisine, des blanchisseuses qui me faisaient des signes [...], heureux quand il passait quelque enterrement pour me désennuyer ! » Hélas ! Le séjour commencé sous de si heureux auspices ne devait pas tarder à se révéler moins agréable. Le vicomte de Chateaubriand n'était guère fait pour jouer les seconds rôles. Après avoir porté aux nues son ambassadeur, le cardinal Fesch, oncle de Bonaparte, il se mit au plus mal avec lui. Ce ne furent bientôt que piques, incidents et mauvais rapports. Le cardinal jalousait la jeune gloire de son subordonné, et le secrétaire-homme de lettres se faisait encenser et recevoir par le pape comme s'il était lui-même l'ambassadeur. Ses fonctions, assez modestes, n'étaient pas à la mesure de son ambition ou plutôt de ses rêves de gloire. « Toutefois, si de prime abord et de plein saut devenir premier secrétaire d'ambassade sous un prince de l'Église, oncle de Napoléon, paraissait être quelque chose, c'était néanmoins comme si j'eusse été expéditionnaire dans une préfecture. [...] À quoi bon perdre mon temps dans des détails à la portée de tous les commis ? » Il y avait Rome, bien sûr, la Trinité-des-Monts, le Panthéon, le Capitole, mais « après mes longues promenades et mes fréquentations du Tibre, je ne rencontrais en rentrant, pour m'occuper, que les parcimonieuses tracasseries du cardinal [...]. »

Le cardinal, pendant ce temps, envoyait à Bonaparte des appréciations de plus en plus sévères sur son collaborateur. Pauline de Beaumont le sut. À demi-morte, elle fit avec un courage admirable tout ce qui était en son pouvoir pour défendre Chateaubriand. Elle écrivit lettre sur lettre, billet sur billet, un de ses messages les plus insistants se terminait sur ces mots émouvants : « Je suis tellement exténuée de fatigue que je ne puis relire ce griffonnage. » Fontanes, de son côté, écrivait à Chateaubriand : « Les cardinaux ne ressemblent pas au père Aubry*. Je n'ai pas besoin de vous représenter que le pape est plutôt dans ce siècle le Vice-consul que le Vice-Dieu. » Et Bonaparte fulminait : « les hommes qui écrivent, [ceux] qui ont obtenu de la réputation littéraire, sont tentés de se croire le centre de tout. »

Aussi prompt à se décourager qu'à s'enflammer, Chateaubriand revenait vite de ses premiers enthousiasmes : « À présent que j'y suis, je vois même que la place de secrétaire d'ambassade est trop inférieure pour moi [...]. Tous mes confrères les secrétaires ici sont des

*NDÉ : Personnage du roman *Atala*.

jeunes gens sans nom et sans autorité, des hommes qui commencent et moi je dois finir. »

Le séjour à Rome qui promettait tant de charme et d'agrément se traînait donc ainsi dans le découragement et l'ennui. Un événement – peu imprévu, d'ailleurs – vient lui donner soudain cet éclat trempé de larmes qu'aimait tant Chateaubriand. « Un malheur me vint enfin occuper : c'est une ressource sur laquelle on peut toujours compter. » Mme de Beaumont arriva à Rome pour y mourir.

Elle était perdue depuis longtemps. Elle avait voulu, par une fidélité et un courage qui forcent l'admiration, revoir une fois encore l'homme qu'elle aimait. Malgré son état, consumée par la tuberculose, elle fit, sans illusions, le voyage d'Italie. Chateaubriand l'attendait à Florence : « Je fus terrifié à sa vue ; elle n'avait plus que la force de sourire. » Le voyage de Florence à Rome fut un martyre ; le séjour à Rome ne fut qu'une veille funèbre.

Le monde est ainsi fait qu'il passe aisément au malheur ce qu'il ne pardonne pas au bonheur. Comme s'il était jaloux surtout de la prospérité du désordre, il ne le tolère que vaincu, abattu et mort. Rome ne toléra pas seulement la maîtresse de Chateaubriand, elle la couvrit d'honneurs et de témoignages d'affection. Le Saint-Père fit prendre de ses nouvelles, tout le Sacré Collège imita son exemple.

Lucile écrivait de Bretagne à son frère des lettres où se retrouve comme le reflet du style de l'Enchanteur: « ces paroles du prophète me reviennent sans cesse à l'esprit: “le Seigneur vous couronnera de maux, et vous jettera comme une balle.” [...] [J]e vois toujours Mme de Beaumont pleine de vie et de jeunesse, et presque immatérielle [...]. Dis-lui de ma part tout le véritable et tendre intérêt que je prends à elle; dis-lui que son souvenir est pour moi une des plus belles choses de ce monde. »

« Un de ces jours d'octobre, tels qu'on n'en voit qu'à Rome », Pauline de Beaumont, après une visite au Colisée, « se coucha et ne se releva plus ». Elle mourut le 4 novembre 1803. « Debout, au chevet de ce lit de douleurs d'où l'homme entend sonner son heure suprême, chaque sourire de la malade me rendait la vie et me la faisait perdre en s'effaçant. Une idée déplorable vint me bouleverser: je m'aperçus que Mme de Beaumont ne s'était doutée qu'à son dernier soupir de l'attachement véritable que j'avais pour elle: elle ne cessait d'en marquer sa surprise et elle semblait mourir désespérée et ravie. »

Prodiges de la littérature ! Les derniers instants de cette femme qu'il avait délaissée pour une autre sont à jamais immortels. On a beaucoup reproché à Chateaubriand cette pompe donnée à la mort d'une maîtresse abandonnée. On y a vu de l'orgueil et de l'hypocrisie. Orgueil oui, hypocrisie non. L'Enchanteur était toujours la dupe des sentiments du moment, il s'y abandonnait tout entier et dans le spectacle de cette mort qui lui était si proche il a dû trouver, sans aucun doute, toute la volupté que donne aux âmes mélancoliques et pleines d'ennui la douleur vraie qui transfigure.

Il faut aller voir à Saint-Louis-des-Français, à Rome, le tombeau de marbre de Pauline de Beaumont. L'inscription qui y figure est de Chateaubriand lui-même. On y lira les malheurs et toute la passion de la femme, le sens tragique et tout l'orgueil de l'écrivain :

D. O. M.*
Après avoir vu périr toute sa famille
son père, sa mère, ses deux frères et sa sœur

*NDÉ : *Deo optimo maximo*, « À Dieu très bon, très grand ».

PAULINE DE MONTMORIN
consumée d'une maladie de langueur
est venue mourir sur cette terre étrangère
F.-R. de Chateaubriand a élevé ce monument
à sa mémoire.

Voilà bien l'orgueil, dit-on. Il n'a pu résister à mettre son nom au bas de ce tombeau. Aucune autre explication n'est-elle donc possible ? Le nom de l'époux légitime ne figure pas sur cette tombe, par un artifice d'orgueil, peut-être. Mais peut-être aussi par un ultime remords, celui de l'amant y figure. Sur une plaque de marbre où vint s'agenouiller le Saint-Père et tant de princes de la pompe, dans une église de Rome, les noms de Pauline de Montmorin et de François de Chateaubriand sont éternellement unis. Jusque dans l'ostentation d'une fidélité hélas posthume, le vicomte de Chateaubriand avait le sens de la grandeur.

« J'étais déterminé à quitter cette carrière des affaires où des malheurs personnels étaient venus se mêler à la médiocrité du travail [...]. » Dans Rome devenue déserte pour lui Chateaubriand traînait entre le tombeau de Cecilia Metella et le monument de Pauline de Beaumont sa mélancolie désolée. Quelques jours à Naples ne le détournèrent guère de ses sombres pensées. Il les dépeint avec une tendre et rude ironie ! « Les orangers étaient couverts de leurs fruits, et les myrtes de leurs fleurs. Baïes, les Champs-Élysées et la mer, étaient des enchantements que je ne pouvais plus dire à personne. J'ai peint la baie de Naples dans *Les Martyrs*. Je montai au Vésuve et descendis dans son cratère. Je me pillais : je jouais une scène de *René*. »

De retour à Rome, Chateaubriand eut encore le temps d'écrire à son ami Fontanes la fameuse *Lettre sur la campagne romaine* où se révèlent ces sentiments d'admiration pour les paysages romains qui devaient avoir une si nombreuse et brillante postérité ; et puis il partit pour Paris : Bonaparte venait de lui proposer d'être ministre de France à Sion, dans le canton du Valais.

Il avait accepté cette mission lorsque l'exécution du duc d'Enghien éclata comme un coup de tonnerre le 21 mars 1804. En dépit d'un mot célèbre, ce fut plus un « crime » qu'une « faute » : l'avenir le montra bien.

Le cadavre du duc d'Enghien, en donnant un gage à la gauche révolutionnaire, ouvrit à Bonaparte le chemin de l'Empire. Chateaubriand n'hésita pas. Prenant prétexte de la santé de sa femme, il envoya sur-le-champ sa démission au Premier consul. Sans doute n'indiquait-il pas dans sa lettre les vrais motifs de son geste. Les contemporains cependant ne s'y trompèrent pas : c'était une preuve de courage.

Là encore, comme souvent dans sa vie, si le geste de Chateaubriand partait sans doute d'un mouvement profond du cœur, il fut plutôt l'origine que la conséquence d'une opinion ferme et d'une attitude mesurée. Car enfin Chateaubriand avait suivi Bonaparte, n'avait émigré que du bout des lèvres et n'avait jusqu'alors que des liens assez lâches avec la légitimité bourbonnienne. Désormais, Chateaubriand sera l'homme de la fidélité. Par-delà le bout de chemin parcouru aux côtés du Premier consul, Chateaubriand retrouvait la ligne de conduite qui avait été la sienne lorsqu'il avait émigré presque à contrecœur. Une espèce d'unité se constituait ainsi dans sa vie. L'exécution du dernier descendant d'une famille de sang royal fixait, par un de ces contrecoups fréquents dans l'histoire politique des hommes comme dans l'histoire sentimentale des cœurs, le destin futur du vicomte de Chateaubriand.

Et puis la diplomatie subalterne ne l'intéressait plus beaucoup. Toute sa vie, Chateaubriand avait eu et aura envie d'autre chose. Il avait eu Rome, la vie diplomatique, les honneurs officiels. Tout cela, en vérité, qu'il avait souhaité ardemment, l'ennuyait à présent. La possibilité s'offrait de quitter tout cela en faisant un geste – et quel geste ! Il le fit avec un vrai courage, un peu d'orgueil, un peu de soulagement, j'imagine, et sans doute en rêvant aux chances inespérées de gloire que fournissent aux grandes âmes les hasards de la basse politique.

« Désormais à l'écart de la vie active », Chateaubriand était rendu à l'amour et à la littérature. L'amour, c'était Mme de Custine. La littérature, ce sera *Les Martyrs*, dont la préparation marqua cette nouvelle période de la vie de Chateaubriand, comme le *Génie du christianisme* en avait marqué la période précédente.

Bonaparte était devenu Napoléon ; Chateaubriand avait quitté le palais Lancellotti pour un petit hôtel situé rue de Miromesnil, près d'un « terrain vague que l'on appelait la Butte-aux-Lapins ». L'argent ne coulait pas à flots et Mme de Chateaubriand avait enfin rejoint son mari. Tout cela ne faisait pas son bonheur.

C'était à Delphine de Custine, la « Reine des roses » ou « Grognon », qu'il appartenait d'apporter au vicomte ce parfum d'aventures sans lequel il ne pouvait vivre. Elle habitait à Paris tout près des Chateaubriand et, à la campagne, le château de Fervaques près de Lisieux. Elle aima Chateaubriand d'un amour très vif et souvent déçu. Il vint chez elle à Fervaques, ils se virent beaucoup à Paris, s'écrivirent des lettres et des billets pleins de tendresse et surtout d'esprit, et elle se désolait lorsque son amant partait en des voyages légitimes avec Mme de Chateaubriand pour l'Auvergne ou pour le mont Blanc. Si Mme de Chateaubriand ne fournissait pas à son époux la dose de romantisme dont il avait besoin chaque jour, Mme de Custine s'en chargea fort bien. Un jour, elle essaya de se tirer un coup de fusil dans le cœur. Sans cesse, elle s'abandonnait « à cette tristesse sourde qui entoure toutes les idées », elle « avait voulu s'empêcher de dormir, de peur de ne plus penser à son amour » et elle pouvait écrire « je suis plus folle que jamais ».

Chateaubriand cependant trompait sa femme avec sa maîtresse et sa maîtresse avec sa femme. Il emmenait celle-ci au mont Blanc et en revenait assez déçu : « Je suis revenu peu content des montagnes. Elles partagent le sort de toutes les grandeurs : il ne faut les voir que de loin. » Et il écrivit un petit ouvrage où ses adversaires d'aujourd'hui trouvent aisément de quoi faire rire : « Parlons maintenant des montagnes en général. Il y a deux manières de les voir : avec les nuages, ou sans les nuages. » On dirait la parodie d'une recette de cuisine ou d'une démonstration loufoque dans le style surréaliste. Chateaubriand s'ennuyait.

Il se dégoûtait de Rome quand Mme de Beaumont mourut ; il allait se dégoûter d'une France despotique et d'une vie conjugale lorsque le malheur de nouveau vint le frapper de ce désespoir qui lui était aussi indispensable et vital que la gloire et l'espoir : sa sœur Lucile mourut.

Ce n'est pas seulement sa parenté et son intimité avec l'Enchanteur qui font de Lucile un personnage fascinant. Sa seule vie mérite un volume. Pleine d'imagination et le cœur d'une sensibilité maladive, atteinte d'une espèce de folie de la persécution, en relation avec les esprits et les âmes des morts, elle était étrange, bizarre et véritablement un peu folle. Après avoir voulu entrer au couvent, elle avait épousé en vieillissant M. de Caud qu'elle avait fui* avant de devenir veuve. Un des amis du petit groupe qui s'était constitué autour de Mme de Beaumont, le poète Chênedollé (qui devait plus tard être amoureux de Mme de Custine alors amoureuse de Chateaubriand, comme le pauvre Joubert avait été amoureux de Pauline de Beaumont, alors folle du vicomte) se mit en tête de l'épouser. Elle répondit non, puis peut-être, puis de nouveau non. Elle choisit finalement cette solution étonnante de lui promettre seulement de ne jamais en épouser un autre. « L'engagement que j'ai pris avec vous de ne point me marier a pour moi du charme, parce que je le regarde presque comme un lien, comme une espèce de manière de vous appartenir. » La vie de Lucile ferait un beau roman.

Enfin, elle veut céder. Le pauvre Chênedollé croit toucher au bonheur lorsqu'une nouvelle catastrophe se produisit : Lucile apprit que Chênedollé était déjà marié. Cela s'était passé à Hambourg pendant l'émigration et il l'avait presque oublié. Lucile mourut de ce

*NDÉ : C'est, dans les faits, lui qui l'a chassée.

coup. Il n'est pas exclu qu'au terme de cette vie pleine d'une passion trouble et vraie, elle se soit suicidée.

Un être qui avait été très cher à Chateaubriand sortait ainsi de sa vie. Une autre femme y entrait. À Fervaques, Delphine de Custine lui avait présenté une jeune femme qui était la fille de M. de Laborde et qui s'appelait la comtesse de Noailles avant de devenir la duchesse de Mouchy. Mme de Custine avait été bien imprudente. Mme de Noailles était faite pour plaire à l'Enchanteur. Elle avait été la proie de ces malheurs incroyables et de ces aventures inouïes qui semblaient toujours s'attacher à tous les êtres qu'il aimait. Comme Pauline ou Delphine, la Terreur l'avait marquée pour la vie, et les plaisirs ne faisaient peut-être que racheter pour elle les jours d'attente anxieuse dans les cachots de la Révolution. Elle aimait plaire. « Sa coquetterie, écrit d'elle Molé, allait jusqu'à la manie. Elle ne pouvait supporter l'idée que les regards d'un homme s'arrêtent sur elle avec indifférence. Je l'ai plus d'une fois surprise à table, cherchant avec inquiétude sur le visage des domestiques qui nous servaient, l'impression qu'elle produisait sur eux. » Natalie de Noailles allait vite l'emporter sur Delphine de Custine.

Chateaubriand, cependant, entre ses amitiés et ses déménagements (il avait quitté la rue de Miromesnil pour les combles de l'hôtel de Coislin) songeait à un nouvel ouvrage qui allait être *Les Martyrs*. Il avait, comme toujours, accumulé les lectures : de Constantin Porphyrogénète à Saxo Grammaticus, de Grégoire de Tours à Isidore de Séville, il avait poussé jusqu'au plus extrême scrupule le souci de la documentation historique. Pour réussir, malgré Boileau et la tradition classique, cette épopée chrétienne qu'annonce le *Génie du christianisme*, toutes les ressources de l'érudition lui étaient nécessaires. Elles ne lui furent pas suffisantes. Il voulut aller s'inspirer sur place, en Méditerranée orientale, des scènes qu'il allait peindre. Si *Les Martyrs* se passent surtout à Rome, le jeune Eudore a visité l'Égypte et la Thébaïde ; et Cymodocée qu'il aime est obligée de se réfugier à Jérusalem. Ainsi la peinture de la Méditerranée orientale, berceau de la religion chrétienne, est-elle réintroduite dans la description des pays de l'Antiquité classique où se déroule l'action principale.

Tels étaient les motifs professionnels et si l'on peut dire officiels qui poussaient Chateaubriand à caresser le projet d'un voyage en Orient. Il en était d'autres aussi. Mme de Noailles allait partir pour Grenade. Chateaubriand vit tout de suite les plaisirs profanes s'offrir au retour de la Terre Sainte. Il partit pour Jérusalem avec Grenade dans la tête et dans le cœur. « Allais-je au tombeau du Christ dans les dispositions du repentir ? Une seule pensée m'absorbait ; je comptais avec impatience les moments. Du bord de mon navire, les regards attachés sur l'étoile du soir, je lui demandais des vents pour cingler plus vite, de la gloire pour me faire aimer. J'espérais en trouver à Sparte, à Sion, à Memphis, à Carthage, et l'apporter à l'Alhambra. »

Le 13 juillet 1806, Chateaubriand quitta Paris pour Venise et Trieste. Il était accompagné d'un jeune compagnon qui lui servait de domestique et qui s'appelait Julien. « Je serai Cook, il sera Clarke. » Disons que c'était Passepartout accompagnant Phileas Fogg. Pendant tout le voyage, Chateaubriand et Julien tiendront chacun leur journal. La comparaison des deux textes est d'une amusante éloquence. Là où Julien écrit : « Monsieur, qui s'était endormi sur son cheval, est tombé sans se réveiller », Chateaubriand répond : « Je n'entendais que le bruit des vagues dans le tombeau détruit de Thémistocle, et le murmure des lointains souvenirs : au silence des débris de Sparte, la gloire même était muette. » Julien : « Nous avions [...] nos provisions de bouche et nos ustensiles de cuisine que j'avais achetés à Constantinople. J'avais, en outre, une autre provision assez complète que M. l'ambassadeur nous avait donnée, composée de très beaux biscuits, jambons, saucissons, cervelas ; vins de différentes sortes, rhum, sucre, citrons, jusqu'à du vin de quinquina [...] », Chateaubriand : « J'allais descendre sur la terre des prodiges, aux sources de la plus étonnante poésie, aux lieux où, même humainement parlant, s'est passé le plus grand événement qui ait jamais changé la face du monde. »

Un jour, Julien, tout vêtu de blanc, fut pris par les Arabes pour le maître de Chateaubriand. On le porta en triomphe pendant que Chateaubriand suivait à pied. Le vicomte, fort simple, s'amusa beaucoup de cette méprise.

Quatre ans après son voyage et après avoir fait paraître d'abord *Les Martyrs* où il avait utilisé toute la documentation recueillie, Chateaubriand publia l'*Itinéraire de Paris à Jérusalem*, qui est, soigneusement retouché, le journal même de son expédition. « Je n'ai point fait mon voyage pour l'écrire; j'avais un autre dessein: ce dessein, je l'ai rempli dans *Les Martyrs*. J'allais chercher des images; voilà tout. Je n'ai pu voir Sparte, Athènes, Jérusalem, sans faire quelques réflexions. Ces réflexions ne pouvaient entrer dans le sujet d'une épopée, elles sont restées sur mon journal de route: je les publie aujourd'hui [...]. »

Dans cet itinéraire se retrouvent au jour le jour toutes les étapes du voyage: Venise d'abord, Trieste, puis la Grèce avec Corfou, Sparte et Athènes, l'Archipel, l'Anatolie, Constantinople, Rhodes et enfin la Terre Sainte, l'Égypte et Carthage.

Aux tempêtes de l'océan et aux forêts d'Amérique répondaient ainsi à quinze années d'intervalles les côtes de la Méditerranée et les grands souvenirs de l'Antiquité classique. Comme il aimait ses nuits passées sur la mer, à contempler les étoiles ou le soleil couchant sur des paysages pleins de gloire, ou l'attente enfiévrée des images et des souvenirs! « Les couleurs au couchant n'étaient point vives: le soleil descendait entre les nuages qu'il peignait de rose, il s'enfonça sous l'horizon, et le crépuscule le remplaça pendant une demi-heure. Durant le passage de ce court crépuscule, le ciel était blanc au couchant, bleu pâle au zénith et gris de perle au levant. Les étoiles percèrent l'une après l'autre cette admirable tenture : elles semblaient petites, peu rayonnantes, mais leur lumière était dorée et d'un éclat si doux, que je ne puis en donner une idée. Les horizons de la mer, légèrement vaporeux, se confondaient avec ceux du ciel. »

À Sparte, Chateaubriand, de toutes ses forces, cria : « Léonidas ! Léonidas ! » Attitude, sans doute ; il avait peu de chances que quelqu'un répondît. Mais quel bonheur aussi il devait éprouver devant ce spectacle de désolation somptueuse qu'offre aujourd'hui Lacédémone, dont selon la prédiction de Thucydide, il ne reste aucun souvenir pour perpétuer la gloire.

Le 23 août, Chateaubriand entra à Athènes par la voie sacrée d'Eleusis et de Daphni. « La première chose qui frappa mes yeux, ce fut la citadelle éclairée du soleil levant : elle était juste en face de moi, de l'autre côté de la plaine, et semblait appuyée sur le mont Hymette, qui faisait le fond du tableau. Elle présentait, dans un assemblage confus, les chapiteaux des Propylées, les colonnes du Parthénon et du temple d'Erechthée, les embrasures d'une muraille chargée de canons, les débris gothiques des chrétiens et les masures des musulmans. » On imagine quelles réflexions ce spectacle éclatant allaient faire naître dans l'esprit de Chateaubriand : « Je me disais, pour me consoler, ce qu'il faut se dire sans cesse : Tout passe, tout finit dans ce monde. [...] Ce tableau de l'Attique, ce spectacle que je contemplais, avait été contemplé par des yeux fermés depuis deux mille ans. Je passerai à mon tour : d'autres hommes aussi fugitifs que moi viendront faire les mêmes réflexions sur les mêmes ruines. Notre vie et notre cœur sont entre les mains de Dieu : laissons-le donc disposer de l'une comme de l'autre. »

Puis ce furent tous les spectacles que pouvaient offrir au voyageur curieux les mœurs si pittoresques des Turcs et les grands souvenirs de l'Orient chrétien. Tantôt c'étaient des scènes dignes des *Mille et une nuits* : « Il n'y manquait que le calife Haroun-Al-Rachid, le vizir Giafar et Mesrour, chef des eunuques », tantôt tout le passé du christianisme montait à la tête de notre pèlerin, et Godefroy de Bouilllon et les évocations du Tasse chassaient pour quelque temps de son imagination enflammée le souvenir des belles dames qui attendaient en Occident.

Par Jaffa, Alexandrie et Tunis, après avoir contemplé Jérusalem, les pyramides et Carthage, Chateaubriand gagna enfin l'Espagne. C'était le terme de son grand voyage en Orient. Rencontre-t-il à Grenade Mme de Noailles ? Les uns l'affirment, les autres le nient. Une seule chose est certaine : près de vingt ans plus tard, Chateaubriand publia une nouvelle intitulée « Les Aventures du dernier Abencérage ». C'est l'histoire d'un amour impossible entre un Maure et une Espagnole. Elle a pour décor cet Alhambra de Grenade où – vérité ou légende – Mme de Noailles attendait Chateaubriand. Qu'importe finalement, dans la vie des grands écrivains, le détail minutieux de leur existence historique ? L'Alhambra, les guitares, les clairs de lune et les rossignols mélodieux du dernier des Abencérage, ce sont encore, rêvés ou vécus, ce qu'attendait de « cette Espagne, le pays des songes », notre voyageur passionné. La vie de Chateaubriand est faite surtout de ses rêves.

Chateaubriand fut de retour à Paris en juin 1807, grisé sans doute par tous ses souvenirs d'héroïsme dont il s'était gorgé. Il ne perdit pas de temps pour faire un nouveau coup d'éclat. Dès juillet, il publia dans le *Mercure de France*, dont, par une suite d'arrangements restés assez mystérieux, il était devenu propriétaire, un article fameux où les allusions à l'empereur étaient parfaitement transparentes : « Lorsque, dans le silence de l'abjection, l'on n'entend plus retentir que la chaîne de l'esclave et la voix du délateur, lorsque tout tremble devant le tyran et qu'il est aussi dangereux d'encourir sa faveur que de mériter sa disgrâce, l'historien paraît, chargé de la vengeance des peuples. C'est en vain que Néron prospère, Tacite est déjà né dans l'empire. »

Napoléon marqua le coup : « Chateaubriand croit-il que je suis un imbécile, que je ne le comprends pas ! Je le ferai sabrer sur les marches des Tuileries. » Les conséquences de l'affaire furent finalement assez minces. Chateaubriand quitta le *Mercure* et même Paris pour s'installer à la campagne. Mais sa personne même ne courait aucun danger. La tyrannie de l'empereur était plus douce que celle de ses émules* et de ses successeurs. Il nourrissait d'ailleurs toujours une indulgence marquée pour Chateaubriand. Il semble que Napoléon fût aussi sensible que Chateaubriand

*NDÉ : Mot déduit à partir du contexte.

lui-même à ce parallélisme entre leurs destins : la gloire militaire ne fit jamais sentir tout son poids à la gloire littéraire. Chateaubriand se contenta d'acheter aux environs de Paris, entre Sceaux et Châtenay, une petite maison où il allait vivre et travailler, et qui allait devenir célèbre dans l'histoire littéraire sous le nom romantique de la Vallée-aux-Loups.

À la Vallée-aux-Loups, Chateaubriand travailla. Il termina ses *Martyrs*, qui parurent en 1809. C'est l'épopée du merveilleux chrétien ; elle illustre un des thèmes du *Génie du christianisme* : les beautés poétiques de la religion chrétienne ne le cèdent en rien aux divinités du paganisme. Le succès de l'ouvrage ne fut pas aussi éclatant que celui du *Génie*. Rien n'égale jamais les premiers coups de foudre du génie qui se révèle, si ce n'est parfois la grande œuvre qui fait le bilan d'une vie : après le coup de tonnerre du *Génie*, la grande œuvre de Chateaubriand, ce sera les *Mémoires d'outre-tombe*. *Les Martyrs* fut violemment attaqué. Le style en est toujours beau, mais l'imitation Empire de l'épopée antique aboutit parfois à des descriptions un peu affligeantes. C'est « de l'antique de seconde main », écrit Sainte-Beuve des *Martyrs* ; et André Maurois, « une *Iliade* pour patronage ». « Je crus de bonne foi l'ouvrage tombé », écrit Chateaubriand lui-même, et il ajoute fort lucidement : « Le défaut des *Martyrs* tient au merveilleux *direct* que, dans le reste de mes préjugés classiques, j'avais mal à propos employé. Effrayé de mes innovations, il m'avait paru impossible de me passer d'un *enfer* et d'un *ciel*. [...] Le *Génie du christianisme* restera mon grand ouvrage, parce qu'il a produit ou déterminé une révolution, et commencé la nouvelle ère du siècle littéraire. Il n'en est pas de même des *Martyrs* ; ils venaient après la révolution opérée, ils n'étaient qu'une preuve surabondante de mes doctrines ; mon style n'était plus une nouveauté [...] : le classique y domine le romantique. »

Les circonstances qui avaient contribué au succès du *Génie du christianisme* s'étaient renversées : loin d'être comme jadis favorable à l'auteur, le gouvernement lui était hostile. Napoléon et Chateaubriand ne marchaient plus du même pas. Entre le *Te Deum* de Notre-Dame suivi de la dédicace du *Génie* et l'accueil fait aux *Martyrs*, l'exécution du duc d'Enghien, l'ascension de

Napoléon, la démission de Chateaubriand ont creusé un fossé qui ne se comblera plus.

Les allusions à l'Empire ne manquaient pas dans la peinture de la cour impériale de Rome. Elles n'échappaient pas à la police impériale. Fouché lui-même se reconnut. Mais cette fois encore, le pouvoir ne fut pas cruel envers le poète de la Vallée-aux-Loups. Napoléon continuait sans doute d'estimer que, même lorsque l'Enchanteur fustigeait l'Empire et l'empereur, l'éclat de son style et de sa renommée leur faisait encore honneur. Le calcul n'était pas si faux. La gloire et l'inimitié de ces deux grands génies rend peut-être plus éclatants aujourd'hui leurs destins parallèles qui se répondent et s'étayent.

« Un accident funeste » vint relancer la querelle entre l'empereur et l'écrivain. Un cousin de Chateaubriand avait conspiré contre Napoléon. Il fut pris et condamné à mort. Chateaubriand s'entremit, fit démarche sur démarche, écrivit à l'empereur des lettres qui durent lui coûter (« Si j'avais acquis plus de renommée dans la carrière des lettres, j'avais quelque titre peut-être pour m'adresser à votre gloire. Mais je n'apporte au pied de votre trône qu'une obscure douleur, les larmes d'un sujet fidèle. »). Rien n'y fit. Armand de Chateaubriand fut fusillé à Grenelle: « J'arrivai, tout en sueur, une seconde trop tard: Armand était fusillé contre le mur d'enceinte de Paris. Sa tête était brisée; un chien de boucher léchait son sang et sa cervelle [...]. Le plomb l'avait défiguré, il n'avait plus de visage [...]. Il fut fusillé le Vendredi saint: le crucifié m'apparaît au bout de tous mes malheurs. »

Ah! Quelle grandeur ces malheurs et la mort donnent au style de Chateaubriand: la Terreur et la guillotine pour ses proches et ses amis, Pauline de Beaumont à Rome, le duc d'Enghien dans les fosses de Vincennes, Armand dans la plaine de Grenelle. Le climat de la grandeur et du style de Chateaubriand est celui de l'ennui et de la mélancolie des ruines, et finalement de la mort.

La mort, oui. Et l'amour. À la Vallée-aux-Loups, les dames ne manquaient pas. Après les grandes amours: Pauline, Delphine et Natalie, c'est la série des duchesses d'importance secondaire. Claire de Kersaint, duchesse de Duras, la duchesse de Levis, la duchesse de Châtillon. Après les passions de

Savigny-sur-Orge et de Rome, de Fervaques, de Grenade, c'est l'époque de la coquetterie. Double coquetterie : avec les femmes et avec le pouvoir. À la fin de 1810, l'Académie française décerne ses prix : Chateaubriand n'obtint rien. Fureur de qui ? De Napoléon.

Les réactions des hommes de pouvoir ne sont pas toujours exactement celles des particuliers. Ils pensent en termes de rancune, oui, mais aussi souvent en termes de réconciliation ou de compensation. L'empereur voyait dans les prix littéraires décernés par l'Académie, sans doute, des indemnités commodes payées facilement en monnaie de singe.

Le résultat de cette affaire fut tout à fait classique. De nos jours encore, Giono, n'ayant pas eu le Goncourt, fut invité à siéger parmi les membres de l'Académie. Chateaubriand fut invité après cet échec à briguer un siège à l'Académie française : « Je vais me présenter par ordre du ministre pour la première place vacante à l'Institut et je l'emporterai d'assaut. »

Marie-Joseph Chénier mourut sur ces entrefaites. Chateaubriand se présenta à son fauteuil. Tout était étrange dans cette affaire. Chateaubriand sollicitait, en faisant la petite bouche, les suffrages d'une compagnie qui n'avait pas trouvé ses ouvrages dignes d'estime. Monarchiste, il allait remplacer Marie-Joseph Chénier qui avait été régicide ; et sa candidature était soutenue par l'empereur personnellement et par tout le pouvoir de l'Empire qu'il attaquait sans relâche, dont il s'était séparé avec éclat et qu'il se promettait de ne pas ménager. « Ce sont de ces bizarreries du temps » ; du temps, oui, et de tous les temps.

Enfin, Chateaubriand se laissa faire une douce violence et accepta que ses adversaires lui imposassent des honneurs dont personne – ni celui qui en bénéficiait ni ceux qui les décernaient – ne prétendaient vouloir. Chateaubriand fut élu. Mais tout allait rebondir avec le discours d'usage pour la réception solennelle. C'est la suite naturelle de ces perpétuels moments de bascule entre le grand homme des armes et le grand homme des lettres : séduction et rupture, dédicace et flatterie, nomination et fidélité, puis démission et fureur, menaces et critiques, puis sournoiseries et douceurs, puis explosion de part et d'autre.

« Je me mis de suite à travailler à mon discours, écrit Chateaubriand, je le fis et le refis vingt fois, n'étant jamais content de moi : tantôt, le voulant rendre possible à la lecture, je le trouvais trop fort ;

tantôt, la colère me revenant je le trouvais trop faible. Je ne savais comment mesurer la dose de l'éloge académique. » Le discours fini, Chateaubriand le lut, toujours selon l'usage « devant la commission nommée pour l'entendre : il fut repoussé par cette commission, à l'exception de deux ou trois membres. Il fallait voir la terreur des fiers républicains qui m'écoutaient et que l'indépendance de mes opinions épouvantait ; ils frémissaient d'indignation et de frayeur au seul mot de liberté. » Le texte du discours fut communiqué à l'empereur : « Bonaparte déclara que s'il eût été prononcé, il aurait fait fermer les portes de l'Institut et m'aurait jeté dans un cul de basse-fosse pour le reste de ma vie. » Le manuscrit fut rendu à Chateaubriand, « çà et là raturé, marqué *ab irato* de parenthèses et de traces au crayon par Bonaparte : l'ongle du lion était enfoncé partout, et j'avais une espèce de plaisir d'irritation à croire le sentir dans mon flanc ».

Dans son discours, fort courageusement, Chateaubriand défendait, avant la lettre, l'idée de la littérature engagée et qui porte témoignage sur son temps : « Il y a des personnes qui voudraient faire de la littérature une chose abstraite, et l'isoler au milieu des affaires humaines. [...] En dépouillant les lettres de ce qu'elles peuvent avoir de futile, nous ne les voyons plus qu'à travers nos puissants souvenirs et l'expérience de notre adversité. » Et s'il parlait des acclamations entourant César montant au Capitole parmi les monuments élevés et les cités embellies, il faisait entre temps l'éloge de la liberté sans laquelle « les lettres [...] languissent et meurent dans les fers ».

Ce discours ne fut jamais prononcé en séance solennelle. On lui demanda des modifications. Il refusa. On lui suggéra d'en écrire un autre. Il déclara qu'il s'en tenait au premier et qu'il n'en ferait pas d'autre et il écrivit au comte Daru, ministre secrétaire d'État et membre de l'Académie : « Le mal est sans remède car je ne puis prononcer ce que j'ai écrit et l'honneur me défend d'en composer un autre.

La mémoire de M. de Chénier ne m'est pas assez chère pour que je sacrifie mes principes et jamais je n'achèterai mon repos aux dépens de ma considération politique.

Je veux exposer la pure vérité : mon discours respire l'indépendance. J'ai pensé que des sentiments élevés, noblement exprimés au pied d'un grand homme ne pouvaient que m'attirer son estime.

Il est toujours aisé de satisfaire quelqu'un qui ne désire qu'une retraite honorable dans l'oubli et la paix. »

Le geste et l'attitude étaient beaux. Comme après tous ses échecs et ses malheurs qu'il savait à merveille transmuer en triomphes du désespoir et du renoncement, il n'aspirait de nouveau qu'à la solitude et au repos. Sans prendre séance à l'Académie, il retourne à la Vallée-aux-Loups.

Comme les années passent vite lorsqu'un empire s'écroule ! 1811, 1812, 1813, 1814. Les Alliés envahissent la France. Chateaubriand passait à la Vallée-aux-Loups le cap des quarante-cinq ans. « De 1812 à 1814, il n'y a plus que deux années pour finir l'Empire [...], je n'imprimai plus rien. Ma vie de poésie et d'érudition fut véritablement close par la publication de mes trois grands ouvrages : le *Génie du christianisme*, *Les Martyrs* et l'*Itinéraire*. Mes écrits politiques commencèrent à la Restauration ; avec ces écrits également commença mon existence politique active. Ici donc se termine ma carrière littéraire proprement dite. »

C'est en 1814 avec *De Buonaparte et des Bourbons* que s'ouvre (ou se rouvre en renouant, dans un autre esprit, avec les préoccupations politiques de l'*Essai des révolutions*) cette carrière politique. C'est la dernière étape de ce « mélange de colère et d'attrait » et de cette vraie coquetterie qui avait marqué les rapports entre Napoléon et Chateaubriand. *De Buonaparte et des Bourbons* est très dur pour l'empereur en train d'être vaincu. Mais lorsque Chateaubriand parle dans ses *Mémoires* de la brochure qu'il écrivait alors dans un appartement que, rentré à Paris, il venait de louer rue de Rivoli, l'émerveillement devant l'adversaire réapparaît de nouveau : « Il ne fallait rien moins que les maux dont la France était écrasée, pour se maintenir dans l'éloignement que Napoléon inspirait et pour se défendre en même temps de l'admiration qu'il faisait renaître sitôt qu'il agissait : c'était le plus fier génie d'action qui ait jamais existé. » Mais en attendant ces jugements a posteriori, la brochure en train d'être imprimée traînait l'empereur dans la boue pendant que les Cosaques investissaient Paris. À la fin de mars 1814, Chateaubriand jouait dans la capitale menacée le rôle délicieux pour lui de conspirateur et de franc-tireur de l'esprit. « J'avais pourtant été obligé de mettre un imprimeur dans mon secret : il avait consenti à risquer l'affaire ; d'après les nouvelles de chaque heure, il me rendait ou venait reprendre des épreuves à moitié composées, selon que le bruit du canon se rapprochait ou s'éloignait de Paris : pendant près de quinze jours je jouai ainsi ma vie à croix ou pile. »

« La guerre vint s'établir enfin aux barrières de Paris. Du haut des tours de Notre-Dame on vit paraître la tête des colonnes russes. » Napoléon, pour Chateaubriand et pour sa soif d'héroïsme, tomba presque un peu vite. Il avait quitté Paris quand parut chez Mame *De Buonaparte et des Bourbons* par l'auteur des *Essais sur les révolutions* et du *Génie du christianisme*, dédicacé jadis « au Premier consul Bonaparte [...] que la main de la Providence avait marqué de si loin pour l'accomplissement de ses desseins prodigieux. »

Le sort de la France dépendait désormais des Alliés et de Talleyrand. Le prince de Bénévent ne songeait depuis plusieurs années « qu'à clopiner au pied du colosse qu'il ne pouvait renverser, et à tirer parti du moment pour ses intérêts : le savoir-faire était le génie de cet homme de compromis et de marchés. » Les « Tartares » avaient pénétré à Paris. Le roi était de retour. Les grandes espérances commençaient pour le vicomte de Chateaubriand, mais c'était l'évêque renégat Talleyrand qui recevait chez lui rue Saint-Florentin l'empereur de tous les Russes.

Dès les premiers jours du nouveau régime, alors même que l'avenir était encore obscur, les choses se dessinent déjà et la réalité s'oppose aux espoirs nourris par Chateaubriand dans sa ligne d'opposition à la tyrannie impériale et dans sa fidélité à la monarchie légitime. Il imaginait que le retour des Bourbons qu'il avait appelé de ses vœux allait lui ouvrir les avenues du pouvoir. Il allait vite comprendre que l'opposition est moins redoutable pour un écrivain que les antichambres ministérielles. Et par un de ces mouvements de bascule dont il nous a donné tant d'exemples, l'admiration renaît en lui pour l'adversaire dont l'apparente hostilité lui avait beaucoup mieux permis de se mettre en valeur que l'apparente sympathie des dirigeants du jour. « Dès le début de ma carrière politique je devins populaire dans la foule, mais dès lors aussi je manquai ma fortune auprès des hommes puissants. Tout ce qui avait été esclave sous Bonaparte m'abhorrait ; d'un autre côté j'étais suspect à tous ceux qui voulaient mettre la France en vasselage. Je n'eus pour moi dans le premier moment, parmi les souverains, que Bonaparte lui-même. Il parcourut ma brochure à Fontainebleau : le duc de Bassano la lui avait portée ; il la discuta avec impartialité, disant : "Ceci est juste ; cela n'est pas juste. Je n'ai point de reproche à faire à Chateaubriand ; il m'a résisté en ma puissance ; mais ces canailles, tels et tels !" et il les nommait.

Mon admiration pour Bonaparte a toujours été grande et sincère, alors même que j'attaquais Napoléon avec le plus de vivacité. »

Il faut lire dans les *Mémoires d'outre-tombe* les pages admirables sur l'attitude de Napoléon après l'abdication. Le Sénat conservateur, qui lui devait tout, l'avait déclaré déchu du trône. Napoléon répliqua : « Si l'empereur avait méprisé les hommes comme on le lui a reproché, le monde reconnaîtrait aujourd'hui qu'il a eu des raisons qui motivaient son mépris. » Et en conclusion, ces lignes éclatantes qu'il consacre à son grand adversaire piétiné après la chute, Chateaubriand écrit : « Napoléon était toutes les misères et toutes les grandeurs de l'homme. » À cette grandeur s'opposent cruellement les intrigues de Paris, les manœuvres de Talleyrand et de Fouché, les alliances conclues entre les esclaves d'hier et les maîtres d'aujourd'hui qui se sont confiés à eux en dépit des fidélités qui s'offraient à les servir.

Dès lors, le mouvement est amorcé. Chateaubriand qui avait, contre les immortels principes et contre l'autocratie, défendu les droits de la légitimité, jouera lorsque cette légitimité aura été rétablie avec l'aide intéressée des régicides et des ralliés, la carte de l'opinion publique et de la liberté d'opinion. Il reprenait ainsi la position d'opposition qu'il sentait fort bien devoir être la sienne. Et il unissait en sa personne les opinions libérales et ultra-royalistes qui paraissent souvent contradictoires à nos yeux. Chateaubriand avait le sentiment au contraire d'en appeler au peuple de l'immoralité des alliances conclues par la monarchie.

« Ce fut une chose hideuse, écrit M. de Chateaubriand, que la manière dont furent traités en 1814 les hommes qui avaient le plus souffert pour la cause des Bourbons. » Et un contemporain pourrait dire à peine ironiquement : « Il faudra donc que M. de Chateaubriand émigre quand les émigrés reviennent. » Éternelles plaintes, des purs, des durs, des ultras, débordés par des habiles !

Tandis que Talleyrand, Fouché et les anciens hauts fonctionnaires de l'Empire tenaient le haut du pavé, l'ambassade de Stockholm fut du bout des lèvres, et grâce à l'intervention de la duchesse de Duras, offerte – cruelle ironie ! – par Talleyrand à Chateaubriand. Quel dépit ! Quelle indignation ! « Impérialistes et libéraux, c'est vous entre les mains desquels est échu le pouvoir, vous qui vous êtes agenouillés devant les fils de Henri IV ! Il était tout naturel que les royalistes fussent heureux de retrouver leurs princes et de voir finir le règne de celui qu'ils regardaient comme un usurpateur ; mais vous, créatures de cet usurpateur, vous dépassiez en exagération les sentiments des royalistes. »

« Ce sont les hommes de la République et de l'Empire qui saluèrent avec enthousiasme la Restauration. La conduite et l'ingratitude des personnages élevés par la Révolution furent abominables envers celui qu'ils affectent aujourd'hui de regretter et d'admirer. »

Dépit et indignation contre les régicides et les serviteurs de Napoléon qui s'attachent à la légitimité ; dépit et indignation aussi contre la légitimité qui les accepte. Louis XVIII ne leur parle pas autrement que Napoléon : « Donnez-vous de garde d'admettre jamais un poète dans vos affaires : il perdra tout. Ces gens-là ne sont bons à rien. » S'il y avait quelque honneur à être condamné par le Tyran, quelle douleur d'être dédaigné par le prince légitime !

Chateaubriand ne partit pas plus pour la Suède qu'il n'était parti jadis pour le Valais. Un nouveau coup de tonnerre retentissait dans le ciel un peu gris des espérances trompées : Napoléon Bonaparte débarquait à Golfe-Juan.

« Les comètes décrivent des courbes qui échappent au calcul ; elles ne sont liées à rien, ne paraissent bonnes à rien ; s'il se trouve un globe sur leur passage, elles le brisent et rentrent dans les abîmes du ciel ; leurs lois ne sont connues que de Dieu. Les individus extraordinaires sont les monuments de l'intelligence humaine ; ils n'en sont pas la règle. [...] Ce n'est pas tout de naître, pour un grand homme : il faut mourir. [...]

Dans le vide qui se forme autour de son ombre gigantesque, s'il entre quelques soldats, ils sont invinciblement entraînés par l'attraction de ses aigles. Ses ennemis fascinés le cherchent et ne le voient pas [...]. Lorsque Napoléon passa le Niémen à la tête de quatre cent mille fantassins et de cent mille chevaux pour faire sauter le palais des czars à Moscou, il fut moins étonnant que lorsque, rompant son ban, jetant ses fers au visage des rois, il vint seul, de Cannes à Paris, coucher paisiblement aux Tuileries. »

Que faisaient pendant ce temps le roi, la cour, le gouvernement légitime ? Ils ne sortaient guère de leur torpeur : « La légitimité tomba en défaillance ; la pâmoison du cœur de l'État gagna les membres et rendit la France immobile. » Chateaubriand voulait voir le roi rester à Paris. En catimini, le roi partit pour Gand malgré ses infirmités. Chateaubriand se refusa à attendre tout seul l'empereur aux Tuileries et le suivit. « Bonaparte accourut au secours de l'avenir ; ce Christ de la mauvaise puissance prit par la main le nouveau paralytique et lui dit : “Levez-vous et emportez votre lit ; *surge, tolle lectum tuum.*” »

Quels portraits trace Chateaubriand des figures de cette nouvelle émigration ! Le roi podagre, le comte d'Artois inconscient, le duc d'Orléans ambigu, tant d'autres, lâches ou fidèles, imbéciles ou sublimes. « Quant au vieux prince de Condé, l'émigration était son dieu Lare. Lui n'avait pas peur de M. de Bonaparte ; il se battait si l'on voulait, il s'en allait si l'on voulait :

les choses étaient un peu brouillées dans sa cervelle ; il ne savait pas trop s'il s'arrêterait à Rocroi pour y livrer bataille, ou s'il irait dîner au Grand-Cerf. Il leva ses tentes quelques heures avant nous, me chargeant de recommander le café de l'auberge à ceux de sa maison qu'il avait laissés derrière lui. Il ignorait que j'avais donné ma démission à la mort de son petit-fils ; il n'était pas bien sûr d'avoir eu un petit-fils ; il sentait seulement dans son nom un certain accroissement de gloire, qui pouvait bien tenir à quelque Condé qu'il ne se rappelait plus. » Chateaubriand, qu'on voit toujours en poète catholique ou en peintre du soleil couchant sur les forêts d'Amérique ne prend-il pas place, avec de tels croquis si forts et si amusants, entre Saint-Simon et Proust ?

L'exiguïté du choix à Gand fit que le roi nomma le vicomte ministre de l'Intérieur. Chateaubriand ne se fit guère d'illusions sur le sérieux de ce titre : « Ma correspondance avec les *départements* ne me donnait pas grand'besogne ; je mettais facilement à jour ma correspondance avec les préfets, sous-préfets, maires et adjoints de nos bonnes villes du côté intérieur de nos frontières ; je ne réparais pas beaucoup les chemins et laissais tomber les cloches. » Les conseils des ministres devaient être étranges et un peu fantomatiques. Chateaubriand mit quelque affectation à écrire : « M. de Lally-Tollendal, qui était, je crois, ministre de l'Instruction publique… ». Quelques dames avaient suivi de Paris. L'une d'elles s'était précisément attachée à ce gros joufflu de Lally-Tollendal. Comme la vie est drôle ! Imagine-t-on qui était cette dame ? Elle s'appelait Mme Charles, c'était la future Elvire du *Lac* de Lamartine.

Chateaubriand présenta au roi un rapport sur l'état de la France. Il y faisait une profession de foi libérale. Mais il n'avait guère confiance dans l'avenir qui se préparait « car, au fond, dans notre mesquine catastrophe j'apercevais la catastrophe de la société ». Seule le consolait « l'idée fixe de la grandeur, de l'antiquité, de la dignité, de la majesté de sa race qui donnait à Louis XVIII un véritable empire […]. En Europe il n'est qu'une monarchie, celle de France ; le destin des autres monarchies est lié au sort de celle-là. »

Waterloo vint, non sans un dernier avatar, mettre fin à cette confusion : toute l'émigration crut d'abord Napoléon vainqueur. « J'enfermai le mouchoir de soie noire dont j'entortille ma tête la nuit dans mon flasque portefeuille de ministre de l'Intérieur, et je me mis à la disposition du prince, avec ce document important des affaires de la légitimité. » La vérité est ailleurs, le roi regagna Paris. « Bonaparte était revenu à la tête de quatre cents Français, Louis XVIII revenait derrière quatre cent mille étrangers ; il passa près de la mare de sang de Waterloo, pour aller à Saint-Denis comme à sa sépulture. »

La chute de Napoléon, ce fut pour Chateaubriand comme la fin d'une longue liaison entre la gloire littéraire et la gloire militaire. Liaison pleine de haines, de fureurs, d'invectives continuelles mais d'estime aussi et d'admiration. Pour chacun de ces grands hommes, l'image de l'autre n'était jamais loin, et Chateaubriand comprit fort bien ce qu'il perdait en perdant son ennemi : « Retomber de Bonaparte et de l'Empire à ce qui les a suivis, c'est tomber de la réalité dans le néant [...]. Tout n'est-il pas terminé avec Napoléon ? Aurais-je dû parler d'autre chose ? Quel personnage peut intéresser en dehors de lui ? De qui et de quoi peut-il être question, après un pareil homme ? Dante a eu seul le droit de s'associer aux grands poètes qu'il rencontre dans les régions d'une autre vie. Comment nommer Louis XVIII en place de l'empereur ? Je rougis en pensant qu'il me faut nasillonner à cette heure d'une foule d'infimes créatures dont je fais partie, êtres douteux et nocturnes que nous fûmes d'une scène dont le large soleil avait disparu. »

Les « infimes créatures » n'allaient pas tarder à montrer au vicomte leur mesquinerie et leur ingratitude. Les destins de la légitimité n'étaient pas du tout joués : il s'en fallut de très peu que Louis XVIII ne succédât pas, pour la seconde fois, à Napoléon vaincu. Il n'est pas impossible que ce soit un autre corse, Pozzo di Borgo, qui ait permis au roi de s'asseoir de nouveau sur le trône laissé vacant par la chute de l'ogre corse.

« Pozzo, écrit Chateaubriand, qui savait combien il s'agissait peu de la légitimité en haut lieu, se hâta d'écrire à Louis XVIII de partir et d'arriver vite, s'il voulait régner avant que la place fût prise : c'est à ce billet que Louis XVIII dut sa couronne en 1815. »

Chateaubriand était de nouveau plein d'espoir. Mais il n'était décidément pas fait pour les petitesses de la politique militante. On a souvent cité le mot de Louis-Philippe : « M. de Chateaubriand verrait fort loin s'il ne se mettait pas toujours devant lui. » Il est déjà dans Chateaubriand même qui se jugeait fort bien : « J'étais mon propre obstacle et je me trouvais sans cesse sur mon chemin. » Par impossibilité de louvoyer, de se plier aux règles du jeu, d'accepter des compromissions un peu ignobles mais nécessaires, il allait de nouveau manquer le coche du ministère.

Chateaubriand avait toujours été assez mal avec Talleyrand – « le Vice » – et avec Fouché – « le Crime ». En 1814, son antipathie pour Talleyrand lui avait coûté les honneurs : en 1815, par un renversement étrange, c'est en se compromettant pour lui qu'il gâche ses chances.

Très sûr de lui, Talleyrand ne s'était même pas pressé d'aller saluer le roi ; il répétait avec affectation : « Je ne suis jamais pressé ; il sera temps demain. » Louis XVIII, blessé, décida de se séparer à la fois de Talleyrand qui se croyait si indispensable – et qui, en fait, l'était – et de l'ennemi intime de celui-ci, M. de Blacas, un des chefs des ultras. À Talleyrand, le roi dit : « Prince de Bénévent, vous nous quittez ? Les eaux vous feront du bien : vous nous donnerez de vos nouvelles. » Et à Chateaubriand, il déclara : « Je vais me séparer de M. de Blacas ; la place sera vide, M. de Chateaubriand. » Et Chateaubriand ajoute : « C'était la Maison du roi mise à mes pieds. »

Talleyrand joua le grand jeu. Il fit le siège de Chateaubriand qu'il se mettait tout à coup à regarder comme un très grand homme. « Il me fit toutes ces cajoleries avec lesquelles il séduisait les petits ambitieux et les niais importants. Il me prit par le bras, s'appuya sur moi en me parlant : familiarités de haute faveur, calculées pour me tourner la tête [...]. [...] Il en était au regret [...] d'avoir, comme un sous-lieutenant mauvaise tête, refusé d'aller le soir chez le roi ; il craignait que des arrangements eussent lieu sans lui, qu'il ne pût participer à la puissance politique et profiter des tripotages d'argent qui se préparaient. Je lui dis que, bien que je différasse de son opinion, je ne lui en restais pas moins attaché, comme un ambassadeur à son ministre ; qu'au surplus j'avais des amis auprès du roi, et que j'espérais bientôt apprendre quelque chose de bon. M. de Talleyrand était une vraie tendresse, il se penchait sur mon épaule [...]. »

Que se passa-t-il finalement ? M. de Talleyrand reçut les Affaires étrangères, M. de Blacas, quelques millions et l'ambassade de Naples, et Fouché, la Police. Chateaubriand n'eut que des miettes.

« Quel diable me poussait ? Je n'avais point suivi le roi qui m'avait pour ainsi dire offert ou plutôt donné le ministère de sa Maison [...] : je me cassais le cou pour M. de Talleyrand que je connaissais à peine, que je n'estimais point, que je n'admirais point [...] : il était trop juste que je reçusse la récompense de ma stupidité, que je fusse abandonné de tous, pour les avoir voulu servir tous. Je rentrai en France n'ayant pas de quoi payer ma route, tandis que les trésors pleuvaient sur les disgraciés : je méritais cette correction. »

Fouché et Talleyrand étaient « comme le double présent que la victoire de Waterloo faisait à notre patrie ». À Saint-Denis, dans l'antichambre du roi, Chateaubriand assista à une scène étrange : « [...] introduit dans une des chambres qui précédaient celle du roi, je ne trouvai personne ; je m'assis dans un coin et j'attendis. Tout à coup une porte s'ouvre : entre silencieusement le vice appuyé sur le bras du crime, M. de Talleyrand marchant soutenu par M. Fouché ; la vision infernale passe lentement devant moi, pénètre dans le cabinet du roi et disparaît. Fouché venait jurer foi et hommage à son seigneur ; le féal régicide, à genoux, mit les mains qui firent tomber la tête de Louis XVI entre les mains du frère du roi martyr ; l'évêque apostat fut caution du serment. »

Lorsqu'il fut reçu par le roi et que Louis XVIII lui demanda : « "Eh bien ?", ouvrant le dialogue par cette exclamation », Chateaubriand eut le courage de répondre : « Sire, [...] pardonnez à ma fidélité : je crois la monarchie finie. » Le roi se tut quelques instants, et il répondit enfin : « Eh bien, M. de Chateaubriand, je suis de votre avis. »

Tout le destin politique de Chateaubriand pendant la Restauration était en germe déjà dans ces débuts malheureux. Quelle sera désormais sa ligne ? Trois traits contradictoires la caractériseront. La politique de Chateaubriand sera une politique légitimiste, une politique libérale et une politique d'opposition. Son amour de la liberté le séparera des ultras traditionnalistes qui n'avaient rien appris ; son sens de la fidélité et son antipathie pour les ralliés le sépareront des libéraux ; et à l'égard de presque tout le monde, et en conformité avec son tempérament, il se retrouvera finalement dans une opposition perpétuelle qui, au fond, le satisfaisait seule.

Nommé pair de France, il publie une brochure *De la monarchie selon la Charte*, où il défend l'alliance de la légitimité et de la liberté tout en reprochant au roi de ne pas être assez royaliste et de s'appuyer sur les hommes de la Révolution et de Napoléon. L'ouvrage accumulait les inconvénients du libéralisme et de l'ultra-royalisme. Sans avoir l'appui même des républicains ou des ultras à la Bonald ou à la Maistre, Chateaubriand se mettait ainsi à dos et les modérés et les adversaires de la Charte. Le dernier poste laissé à Chateaubriand comme un prix de consolation lui fut retiré par une ordonnance royale : « [...] la main qui avait pris Fouché me frappa. [...] [J]'en fus quitte pour me remettre à pied et pour aller, les jours de pluie, en fiacre à la Chambre des pairs. Dans mon équipage populaire, sous la protection de la canaille qui roulait autour de moi, je rentrai dans les droits des prolétaires dont je fais partie : du haut de mon char, je domine le train des rois. »

Ce que lui avait épargné la tyrannie de Napoléon, le règne qu'il avait appelé de ses vœux et soutenu de sa fidélité le contraignit de le faire : il dut vendre ses livres « pour la plus grande gloire du roi très chrétien » et la Vallée-aux-Loups fut mise en loterie.

Chateaubriand était donc définitivement rejeté dans l'opposition. Son hostilité à l'entourage du roi (le duc de Richelieu et un ancien secrétaire de Mme Laetitia, fils d'un avoué de Libourne, le futur duc Decazes, lui sont presque aussi antipathiques que

Fouché et Talleyrand) l'emporte sur ses sentiments libéraux : Chateaubriand mènera donc, avant de passer plus tard à l'opposition libérale, l'opposition ultra et il fonde *Le Conservateur*.

L'assassinat du duc de Berry, le 14 février 1820, allait lui donner l'occasion d'attaquer violemment Decazes dont « *les pieds glissèrent dans le sang* » et lui permettre d'écrire : « La main qui a porté le coup n'est pas la plus coupable. Ceux qui ont assassiné monseigneur le duc de Berry sont ceux qui, depuis quatre ans, établissent dans la monarchie des lois démocratiques, [...] ceux qui ont récompensé la trahison et puni la fidélité, ceux qui ont livré les emplois aux ennemis des Bourbons et aux créatures de Buonaparte... »

Decazes tomba et fut envoyé à Londres : c'était de nouveau pour Chateaubriand une chance unique à saisir, une ambassade peut-être ? Louis XVIII, dit ironiquement Chateaubriand, « consentait toujours à m'éloigner ». Mais de son côté, le grand homme assurait qu'il était toujours prêt à partir, qu'il irait chez le diable, « dans le cas que les rois eussent quelque mission à remplir auprès de leur cousin. » On ne l'envoya pas chez le diable, mais auprès du roi de Prusse : il accepta le poste d'ambassadeur à Berlin. Ainsi les adversaires, le duc Decazes et le vicomte de Chateaubriand, obtenaient chacun une ambassade : ce sont des postes commodes pour y nommer, vainqueurs ou vaincus, ceux qui gênent à Paris. « Je partis de Paris le 1er janvier 1821 : la Seine était gelée, et pour la première fois je courais sur les chemins avec les conforts de l'argent. Je revenais peu à peu de mon mépris des richesses ; je commençais à sentir qu'il était assez doux de rouler dans une bonne voiture… »

Des honneurs et des richesses, Chateaubriand aimait mieux l'idée et l'espoir que la réalité : le but atteint l'ennuie vite. À Rome, déjà, « les affaires » l'assommaient. Berlin ne le rend pas moins cruel : « Je connais trente imbéciles qui seraient d'excellents ambassadeurs », et encore « Je vous assure que le métier peut être parfaitement fait par la première mâchoire de l'ancien régime. J'avais toujours soupçonné que les affaires dont on fait tant de bruit pouvaient être apprises par un sot, et maintenant j'en ai la preuve […]. Je me suis rapetissé au point que je ferais très bien un ministre si on en avait besoin. » La vie ne devait pas être drôle tous les jours et, comme à Rome encore, l'inaction dans l'agitation et la platitude des affaires lui pesait : « Vous voulez savoir ce que je fais ? Rien. » « Les soirées sont longues à Berlin. [...] Enfermé seul auprès d'un poêle à figure morne, je n'entends que le cri de la sentinelle de la porte de Brandebourg, et les pas sur la neige de l'homme qui siffle les heures. »

Son amertume contre la monarchie n'est pas apaisée. Il voit bien qu'on ne l'a trouvé « bon qu'à mourir dans quelque coin, comme un bon chien qui a gardé fidèlement la maison et qu'on oublie dans ses vieux jours. » « Croit-on que j'aie besoin d'une ambassade pour être quelque chose ? » Dans ses « dépêches » aux ministères, sous la politesse cérémonieuse perce le ton le plus hautain : « Quand mes services ne seront plus agréables, on ne peut me faire un plus grand plaisir que de me le dire tout rondement. Je n'ai ni sollicité ni désiré la mission dont on m'a chargé [...]. Je suis au-dessus ou au-dessous d'une ambassade [...]. » En marge d'une de ces dépêches, le ministre, impatienté, note : « C'est Gros-Jean qui en remontre à son curé. »

Deux morts marquent pour Chateaubriand l'année 1821 : celle d'un ami fidèle et celle d'un grand adversaire. Il les admirait tous les deux. Napoléon et

Fontanes. Deux ombres de plus dans ce grand cortège de gloire et d'oubli que Chateaubriand aime à évoquer sans cesse dans les plus belles de ses pages : celles où le sens de la grandeur s'allie au désespoir ou à la mélancolie. Un autre ombre encore – mais vivante – hante à Berlin la mémoire et le cœur de l'illustre ambassadeur. C'est celle d'une femme rendue fameuse pour sa mystérieuse beauté ; c'est Juliette Récamier. Il l'a beaucoup revue depuis quatre ans à Paris avant de partir pour la Prusse, et c'est l'esprit tout plein d'elle qu'il a quitté la France. Ils s'étaient promenés ensemble dans la forêt de Chantilly et elle lui avait écrit des lettres enflammées : « Il ne dépend plus de moi, ni de vous, ni de personne de m'empêcher de vous aimer. Mon amour, ma vie, mon cœur, tout est à vous. » La mort et l'amour continuaient fidèlement de servir de compagnes aux rêves pleins de gloire et de mélancolique tendresse de René de Chateaubriand.

À la fin de 1821, une nouvelle crise de gouvernement se produisit en France. Comme souvent, au cours de son existence, Chateaubriand fut entraîné un peu malgré lui et un peu par « point d'honneur » dans des cohabitations qu'il n'approuvait guère. À la faveur de tout ce remue-ménage, on crut un instant que Chateaubriand allait recevoir le portefeuille des Affaires étrangères. Finalement il démissionna par solidarité avec des gens qu'il n'aimait pas – notamment avec Villèle. On ne lui offrit en fin de compte qu'une « présidence de l'Instruction publique », rattachée à l'Intérieur. Ce fut une belle colère : « Croyez-vous qu'ils ont eu cette insolence ! Moi, chef de division sous Corbières* ! Les misérables ! Je n'ai jamais été si blessé [...]. J'en tremble de colère en vous écrivant. »

À la chute de Decazes, après l'assassinat du duc de Berry, lorsque Chateaubriand avait été nommé à Berlin, Decazes lui-même avait été nommé à Londres. Il n'y avait pas très bien réussi. On offrit Londres à Chateaubriand en espérant l'apaiser. C'était le premier poste de la diplomatie française. Il accepta. Louis XVIII, une fois encore, « consentait à [l]'éloigner ». Plus qu'aux relations franco-anglaises, le souverain lui recommanda de veiller au souvenir laissé à Londres par le duc Decazes. Chateaubriand ne parle pas sans quelque amertume de la fidélité du roi

*NDÉ : Ministre de l'Intérieur de la cohabitation.

pour son favori tombé : nul doute qu'il ne l'oppose au peu de reconnaissance de la couronne pour ceux qui, comme Chateaubriand lui-même, avaient tout sacrifié à la légitimité.

Coulisses du pouvoir : le roi ne songeait qu'à son favori qu'allait remplacer Chateaubriand. À quoi pensait Chateaubriand au moment d'aller occuper de si importantes fonctions ? On le devine aisément : « Ma nomination réveilla mes souvenirs : Charlotte revint à ma pensée. » Charlotte Ives ! Après tant de belles dames, de duchesses et de femmes illustres, c'était celle-là peut-être qu'il aurait pu aimer.

« Mme de Chateaubriand, craignant la mer, n'osa passer le détroit, et je partis seul. »

Merveilleuse hypocrisie ! Il semblerait qu'il avait fait tout ce qu'il avait pu pour éviter qu'elle l'accompagnât. Il la laissa dans une maison de la rue d'Enfer, où elle s'occupait d'une œuvre qu'elle avait fondée pour les vieux prêtres et les dames nobles : l'Infirmerie Marie-Thérèse. En attendant, Chateaubriand écrivait encore à Juliette Récamier : « Je vous aime et vous aimerai toujours. Je ne changerai jamais… » Allons, l'ambassade s'annonçait bien.

❧

Londres fut pour Chateaubriand une suite de bals, de raouts et de fêtes. L'ambassadeur savourait le contraste entre ses expériences anglaises : « La faiblesse humaine me faisait un plaisir de reparaître connu et puissant là où j'avais été ignoré et faible. » Et il ajoutait orgueilleusement en mesurant son succès : « Je ne l'ai dû qu'à ce que je portais au-dedans de moi lorsque j'ai passé ici. »

Dans les fêtes les plus somptueuses, les femmes les plus belles et les noms les plus illustres l'entouraient de toutes parts : le prince Esterhazy, ambassadeur d'Autriche, les ducs de Somerset, de Bedford et de Buckingham, M. de Rothschild et son emprunt russe de vingt-trois millions de roubles – « le vainqueur de Waterloo, qui promenait sa gloire comme un piège à femmes tendu à travers les quadrilles » –, une multitude de lords et des foules de beautés : « La journée de Londres était ainsi distribuée : à six heures du matin, on courait à une partie fine, consistant dans un premier déjeuner à la campagne ; on revenait déjeuner à Londres ; on changeait de toilette pour la promenade de Bond-Street ou de Hyde-Park ; on se rhabillait pour dîner à sept heures et demie ; on se rhabillait pour l'Opéra ; à minuit, on se rhabillait pour une soirée ou pour un raout. Quelle vie enchantée ! J'aurais préféré cent fois les galères. Le suprême bon ton était de ne pouvoir pénétrer dans les petits salons d'un bal privé, de rester dans l'escalier obstrué par la foule, et de se trouver nez à nez avec le duc de Somerset ; béatitude où je suis arrivé une fois. »

Tous les plaisirs ne lui paraissaient pas aussi méprisables. Et quand il entendait un jeune Anglais murmurer sur son passage : « *He looks pretty well for a genius!* », quel merveilleux pincement au cœur ! Dans les salons élégants, comme dans les antichambres du ministère, M. l'Ambassadeur était en haute faveur et crédit ».

Pendant ce temps, à Paris... Dans ce film prodigieux que ferait la vie de Chateaubriand, changement de décor. Mme de Chateaubriand, retenue à Paris par les descriptions hypocritement pessimistes de son mari, a quelques soucis d'argent. L'ambassadeur subvenait à son existence, mais au prix de quelles combinaisons ! Il écrivit lettres sur lettres à son homme d'affaires et s'embrouillait parfois lui-même. Mme de Chateaubriand n'était pas très heureuse de tout cela ; Mme Récamier était jalouse des dames que les potins venus de Londres lui décrivaient autour de son grand homme et Mme de Duras était jalouse de Mme Récamier ! Tout cela faisait peu d'argent, mais beaucoup de bruit et beaucoup de femmes autour de M. de Chateaubriand.

Revenons aux fêtes, à l'éclat des robes et des lumières, aux formidables festins de Londres où, trente ans plus tôt, un jeune émigré mourait de faim : « L'ambassade de France, si longtemps oubliée dans ce pays, doit se replacer à la tête des plaisirs comme à celle des affaires. » Elle s'y replaçait en effet : le pudding diplomate s'appela quelque temps pudding à la Chateaubriand et c'est de l'ambassade de Rome que date le chateaubriand aux frites qui, réimporté d'Angleterre, est aujourd'hui avec BB et la DS19 un des dix ou quinze mythes qui font vivre les Français.

Toute cette vie éclatante ne grisait pas trop Chateaubriand. « Tous les Anglais sont fous par nature ou par ton. » Il gardait son contrôle au milieu de cette exaltation superficielle. À une dame qui lui proposait de le présenter à des femmes intelligentes, il répondait : « Ah Madame, je n'aime pas les femmes intelligentes, je préfère de beaucoup les femmes stupides. »

Ce n'était pas une femme stupide que celle qui entra un matin dans son cabinet, mais une femme moins éclatante que celles qui l'entouraient d'ordinaire : c'était Charlotte Ives, qui avait épousé le contre-amiral Sutton. Chateaubriand sentit se lever en lui les orages et les fureurs de l'imagination mêlés au désir : « Si j'avais serré dans mes bras, épouse et mère, celle qui me fut destinée vierge et épouse, c'eût été avec une sorte de rage, pour flétrir, remplir de douleur et étouffer ces vingt-sept années livrées à un autre, après m'avoir été offertes. » Mais il lui dit seulement : « Puis-je être bon à quelque chose pour vous ? » Elle ne le revit jamais et lui écrivit une lettre tragique sous l'humilité des sentiments et la solennité du style : « Occupée du sort des empires et placée à une telle hauteur qu'elle peut à peine s'apercevoir des soucis d'une existence plus humble, Votre Excellence ne saurait aisément concevoir avec quelle douloureuse intensité l'esprit d'une personne privée peut s'absorber dans une seule pensée. [...] Voilà, mylord, ce dont il s'agit ; et vous ne saurez jamais ce qu'il m'en a coûté pour en arriver là. [...] J'ai l'honneur d'être, avec les vœux les plus ardents pour votre santé et votre bonheur, et avec les sentiments de la plus haute et la plus respectueuse considération, dans lesquelles l'amiral Sutton se joint à moi, de Votre Seigneurie, la très humble et obéissante servante. »

Le roi d'Espagne, cependant, avait des ennuis avec les libéraux. Pendant que les fêtes battaient leur plein à Londres, les Cortes s'insurgeaient contre Ferdinand VII. L'Europe de la Sainte-Alliance avait pour procédé favori des « réunions au sommet » qui portaient alors le nom de congrès. Malgré les Anglais qui voyaient d'un bon œil l'affaiblissement d'un rival, Metternich estima que la situation en Espagne exigeait un congrès. Ce fut, en 1822, le congrès de Vérone.

Malgré l'amour de sa liberté et le manque d'ambition qu'il affichait volontiers, Chateaubriand fit démarche sur démarche pour représenter la France à Vérone. Comme d'habitude, il fit agir ses belles amies. Mme Récamier et Mme de Duras furent mises à contribution. Les lettres qu'il leur écrit sont d'un comique involontaire irrésistible, et pourtant émouvant : « Être aimé de vous, vivre en paix dans une petite retraite avec vous et quelques livres, c'est là tout le fond de mes vœux et de mon cœur. [...] Songez au congrès », et encore « Vous me direz : vous avez donc une terrible fureur de ce congrès ? Pas du tout. Mais c'est le chemin qui me ramène le plus naturellement dans la petite cellule. » Enfin, après mille alternations d'espérance et de désespoir, Chateaubriand partit pour Vérone représenter la France.

Le congrès de Vérone fut l'apogée politique de Chateaubriand. Ce fut son congrès, et la guerre d'Espagne qui en découla fut d'après ses propres termes « son *René* en politique ». Quelle était la position de Chateaubriand ? Il estimait en un mot que la légitimité se mourait, « faute de victoires ». Il vit dans les événements d'Espagne l'occasion, à la fois de redonner du lustre à la France, de rétablir la légitimité dans un pays voisin et où régnaient des Bourbons, et de suivre une politique indépendante tout en marchant d'accord avec les gouvernements de la Sainte-Alliance. L'Angleterre ne voyait pas d'un bon œil cette politique belliqueuse. Mais Chateaubriand allait bénéficier à Vérone d'un appui imprévu et puissant : celui d'Alexandre, empereur de Russie.

L'orgueil, l'ennui, la mélancolie, la vanité de Chateaubriand allaient, dans ce nouveau décor, connaître de nouveaux destins. Il nage parmi les célébrités. « J'ai vu tous les souverains. J'ai été enchanté des deux empereurs qui m'ont reçu à merveille. » Il juge sans indulgence les plus grands noms de l'époque ; de Metternich, il écrit « c'est un médiocre sans fond ». Mais en même temps il s'ennuie ; un peu parce qu'il méprise vite ce qu'il a enfin obtenu, un peu parce qu'il n'a pas encore obtenu tout ce qu'il désirait. Tous les grands de ce monde ne le traitent pas aussi bien qu'il le souhaite. La reine de Sardaigne lui demande avec un bon sourire quelle est sa parenté avec un certain Chateaubriand qui fait des brochures. Tout cela enchante et ennuie Chateaubriand. Il a toujours aimé être divisé entre des sentiments différents, entre des situations opposées, entre la misère et la gloire, entre la fortune et le mépris.

Deux conséquences devaient découler du congrès de Vérone : le ministère des Affaires étrangères pour Chateaubriand ; la guerre d'Espagne, pour la France.

Ce portefeuille des Affaires étrangères comblait les vœux de Chateaubriand. Il l'avait espéré depuis longtemps. Après les triomphes de la gloire littéraire, il connaissait maintenant les triomphes de la gloire politique. Elle allait lui apporter les mêmes préoccupations qu'il avait connues déjà lorsque *Le Génie du christianisme* l'avait rendu célèbre pour la première fois : la gloire, d'abord, et puis l'amour.

Lorsque le roi lui avait offert les Affaires étrangères, Chateaubriand, comme toujours, avait pour se faire forcer la main joué le grand jeu de la coquetterie et de l'humilité orgueilleuse. « Lorsque le ministère lui fut proposé, écrit Pasquier, il se donna toutes les apparences d'un homme qui en redoute les fatigues et les difficultés... » Il fallut lui faire presque violence pour lui faire accepter les pouvoirs dont il rêvait de s'emparer.

Quelle fut, une fois ministre, la politique du vicomte ? En bref, elle tient en un mot : Chateaubriand fut un belliciste. Vérone, où se discutaient les affaires de l'Espagne révoltée, avait été son congrès. La guerre dans laquelle il lança la France pour rétablir à Madrid la légitimité fut sa guerre. Il en réclama hautement toute la responsabilité et la paternité. Il le fit dans des termes qui paraîtront aujourd'hui, à nous autres Français de 1958, proprement stupéfiants : « On a dit, et l'on répète encore, que cette guerre fut imposée à la France : c'est précisément le contraire de la vérité. S'il y a un coupable [...] c'est l'auteur de cette histoire [...]. La guerre d'Espagne nous appartient en grande partie. Nous ne craignons pas d'assurer que les esprits politiques nous en feront un mérite, comme homme d'État, dans l'avenir. » À ses ambassadeurs, Chateaubriand envoyait des instructions toujours pleines d'ardeur et d'allant. À lui qui aimait tant à rêver sur les ruines et la mort des civilisations, le pessimisme, le défaitisme, voire la simple prudence furent fort étrangers dans l'action. À l'ambassadeur à Madrid, il écrit superbement : « Je vous invite, monsieur le comte, à élever le ton au lieu de le baisser. »

La fortune des armes donna raison au vicomte. Le fort du Trocadéro qui commandait l'accès de Cadix fut pris par les troupes du duc d'Angoulême. La légitimité était rétablie. Le romancier, le poète, l'homme de lettres avait gagné une guerre.

Il avait gagné une guerre. Il avait perdu une femme. Mais volontairement sans doute, parce qu'il en aimait une autre. Juliette Récamier était partie pour Rome et un nouvel amour était entré dans sa vie au son des fifres et des tambours des victoires de l'armée d'Espagne. La femme du colonel comte Boniface de Castellane s'appelait Cordélia Greffulhe. C'était la fille d'un banquier ; elle avait vingt-sept ans, beaucoup d'audace, des dents éclatantes, une beauté svelte et pâle. Ce que Bettina Brentano fut pour Goethe vieillissant, Cordélia de Castellane le fut pour Son Excellence le vicomte de Chateaubriand, ministre des Affaires étrangères, au faîte de la gloire politique et littéraire.

Ces amours d'automne sont d'une redoutable et mélancolique violence. Les lettres de Chateaubriand à Cordélia de Castellane parlent le langage de la vraie passion. « Mon ange, ma vie, je ne sais quoi de plus encore, je t'aime avec toute la folie de mes premières années. » Sous les plafonds dorés du ministère des Affaires étrangères il recevait en même temps les dépêches politiques qui lui annonçaient les succès de ses plans belliqueux et les billets parfumés d'une jeune femme éblouie par cette odeur de poudre et les bruits de la gloire. « Rien, écrit André Maurois en une formule brillante, rien n'échoue comme le succès. » Les intrigues, les désaccords, les mésententes se développaient dangereusement. Le dimanche 6 juin 1824, jour de la Pentecôte, Chateaubriand reçut un pli qui contenait un billet. Le billet était rédigé en ces termes :

Monsieur le vicomte,

J'obéis aux ordres du roi en transmettant de suite à Votre Excellence une ordonnance que Sa Majesté vient de rendre.

Le sieur comte de Villèle, président de notre conseil des ministres, est chargé par intérim du portefeuille des Affaires étrangères, en remplacement du sieur vicomte de Chateaubriand.

L'échafaud, la hache, le peloton d'exécution, la balle dans la nuque ou des billets impromptus, déplaisants mais inoffensifs, ainsi passent – plus ou moins mal – les grandeurs de cette terre.

« Ma chute fit grand bruit. » Plus que l'ascension et le succès, Chateaubriand aimait les remous qui se forment autour des grands événements. Les beaux échecs en un sens lui plaisaient comme les triomphes. Mais sous l'élégance des premières réactions – « Craindre pour une place ou la pleurer est une maladie dont nous serions honteux comme d'une gale » –, l'amertume était vive. La monarchie décidément était dure pour le monarchiste. Pourquoi la ménagerait-il encore, elle qui avait si peu ménagé son loyalisme et sa fidélité ? Dans le *Journal des débats*, Chateaubriand commença contre le ministère une assez sévère campagne.

Louis XVIII mourait, Mme de Custine mourait, Mme de Duras mourait, Cordélia de Castellane partait pour l'Italie, Juliette Récamier en revenait, Mme de Chateaubriand lassée de « Paris-Babylone » partait pour la Suisse. La vie passait ainsi. Chateaubriand prenait figure de libéral. Il s'installait rue d'Enfer. Il vendait pour une somme énorme – plus d'un demi-million de l'époque – ses œuvres complètes à un libraire. Et il relisait pour cette édition définitive toutes les œuvres de sa carrière, de l'*Essai* aux *Natchez* et de la tragédie *Moïse* aux ouvrages politiques.

Les campagnes du journaliste ne restaient cependant pas sans effet. En se faisant, la main un peu forcée, la défense des idées libérales, Chateaubriand devint l'interprète de la majorité des Français. Lorsque l'opposition derrière Royer-Collard et les monarchistes libéraux menés par Chateaubriand l'emportèrent aux élections, Villèle tomba, et Chateaubriand se crut à la veille de revenir au pouvoir comme président du Conseil. Mais Charles X ne voulait pas plus de lui que n'en avait voulu Louis XVIII. Que faire de Chateaubriand, qui avait aux élections remporté un incontestable succès ?

Une seule solution, la même qu'avait déjà adoptée Louis XVIII : l'éloigner. Mais cette fois-ci, Chateaubriand, ancien ministre des Affaires étrangères, candidat à la présidence du Conseil, était plus difficile. Que lui offrir ? Rome, bien entendu ! Chateaubriand accepte une si flatteuse mission ; le Vatican donne son agrément et, nommé le 3 juin, Chateaubriand quitta Paris pour l'Italie le 16 septembre 1828.

Deux fois déjà, en 1803 comme secrétaire d'ambassade, en 1822 comme délégué de la France à Vérone, Chateaubriand avait parcouru cette route. En 1828, les souvenirs et les fantômes se dressent à chaque pas. Le 17 septembre il passe à Villeneuve-sur-Yonne, et il songe à Joubert et à Pauline de Beaumont dont le tombeau l'attend au terme du voyage. Le 22 il est à Lausanne. Mme de Custine était venue mourir à Bex et la duchesse de Duras, « fuyant devant la mort qui l'attraperait à Nice », avait franchi le Simplon quelques mois auparavant. Tout au long de la route, l'ambassadeur écrivait à Juliette Récamier des billets pleins de mélancolie et de protestations de fidélité.

À Rome, pourtant, d'autres correspondantes allaient entrer dans la vie de Chateaubriand. La plus célèbre devait être une jeune personne de vingt-cinq ans qui s'appelait Léontine de Villeneuve. Elle allait devenir célèbre dans l'histoire de la littérature sous le nom qu'elle devait à l'imagination de Chateaubriand : L'Occitanienne. Ah ! le beau rôle que donnaient ses cheveux blancs à l'Enchanteur vieillissant. Il mêlait ses déclarations de conseils moralisants et jouait à merveille le rôle du séducteur qui prévient contre ses charmes : « Toutes les personnes qui se sont attachées à moi s'en sont repenties ; toutes ont souffert ; toutes sont mortes de mort prématurée ; toutes ont perdu plus ou moins la raison avant de mourir. Aussi suis-je saisi de terreur quand quelqu'un veut s'attacher à moi. » Comment de tels arguments n'auraient-ils pas rendu folle de passion une enfant ardente, rêveuse et de vingt-cinq ans ? « Je ne puis donner le bonheur à personne parce que je ne l'ai pas ; il n'était pas dans ma nature, il n'est plus de mon âge. » Ces protestations-là sont plus fortes que bien des promesses d'amour.

L'Occitanienne n'était pas seule à occuper Chateaubriand. Il y avait aussi quelques comtesses et marquises, et la jeune Hortense Allart, qui n'avait pas froid aux yeux. Il y avait aussi les affaires politiques. Le pape s'appelait Léon XII. Les rapports entre le Saint-Père et l'ambassadeur s'amorçaient fort bien. Chateaubriand cite tout au long des *Mémoires* une importante dépêche au ministre des Affaires étrangères qui rapporte une conversation en « tête à tête pendant une heure » entre Léon XII et Chateaubriand. L'ambassadeur plaida la cause des idées libérales et le pape lui répondit « J'entre dans vos idées. Jésus-Christ ne s'est point prononcé sur la forme des gouvernements. Rendez à César ce qui appartient à César veut seulement dire : obéissez aux autorités établies. »

Malheureusement, heureusement, un mois plus tard, Léon XII mourait. Le destin bienveillant réservait à l'ambassadeur à Rome cette satisfaction suprême : un conclave et l'élection d'un pape.

Dans les splendeurs de l'élection du Saint-Père, les images de fête dont aimait tant à s'entourer l'ambassadeur de France allaient changer un peu de caractère.

La futilité des femmes allait céder la place à la futilité des honneurs. Dans la semaine même de la mort du Saint-Père, Chateaubriand écrit au comte Portalis, ministre par intérim des Affaires étrangères : « Je n'ai point, monsieur le comte, la prétention de lutter de magnificence avec M. l'ambassadeur d'Autriche, comme le fit M. le duc de Laval ; je ne louerai ni chevaux, ni voitures, ni livrées pour éblouir la populace de Rome ; le roi de France est un assez grand seigneur pour payer la pompe de ses ambassadeurs, s'il en veut une : magnificence d'emprunt, c'est misère. J'irai donc modestement au conclave avec mes gens et mes voitures ordinaires. Reste seulement à savoir si Sa Majesté ne pensera pas que, pendant la durée du conclave, je serai obligé à une représentation à laquelle mon traitement ordinaire ne pourra suffire. » La modestie de l'ambassadeur ne passa guère dans les faits. Lorsque Chateaubriand alla présenter au Sacré Collège les condoléances officielles du roi, un grand équipage brilla dans les veilles rues de Rome. Gardes pontificaux, laquais, valets de pieds et toute une grappe* de voitures : M. de Chateaubriand représentait noblement le roi. En queue du cortège défilaient,

*NDÉ : Mot déduit à partir du contexte.

pour la montre, les voitures des cardinaux enfermés au conclave « qui, par une attention particulière pour Sa Majesté Très Chrétienne et son digne représentant, donnaient comme suite à celui-ci leurs carrosses et leurs gentilshommes. »

Cérémonies, discours au conclave par un trou percé dans le mur selon les traditions, folles intrigues et superbes usages : M. de Chateaubriand faisait de la grande politique. Le 31 mars, Pie VIII est élu : c'est l'un des cardinaux recommandés par la France. Triomphe de Chateaubriand. Hélas ! le nouveau souverain pontife prend pour secrétaire d'État un adversaire de la France, le cardinal Albani contre qui le roi avait prononcé l'exclusion. Le ministère se chargea de tempérer la satisfaction de Chateaubriand à l'élection de Pie VIII en lui opposant le choix du secrétaire d'État. Chateaubriand répondit superbement au comte Portalis : « Cette dépêche dure, rédigée par quelque commis mal élevé des Affaires étrangères, n'était pas de celles que je devais attendre après les services que j'avais eu le bonheur de rendre au roi pendant le conclave, et surtout on aurait dû un peu se souvenir de la personne à qui on l'adressait. » L'indépendance des grands commis est-elle aujourd'hui beaucoup mieux affirmée qu'alors? Tous ceux de nos contemporains qui servent aujourd'hui l'État n'ont pas, il est vrai, l'insolence, la grandeur, le génie aussi, du vicomte de Chateaubriand.

Le pape élu, Chateaubriand revint à ces songes qu'il aimait par-dessus tout: il s'occupa encore des femmes et il rêva d'humilité. Il veut « un grand tombeau » et « une petite vie » et il s'entoure de jeunes femmes. Le 11 avril 1829, il écrit à Juliette Récamier: « Nous voilà au 11 avril: dans huit jours nous aurons Pâques, dans quinze jours mon congé et puis vous voir! Tout disparaît dans cette espérance; je ne suis plus triste; je ne songe plus aux ministres ni à la politique. Demain nous commençons la Semaine sainte. Je penserai à tout ce que vous m'avez dit. Que n'êtes-vous ici pour entendre avec moi les beaux chants de douleur! Nous irions nous promener dans les déserts de la campagne de Rome, maintenant couverts de verdure et de fleurs. Toutes les ruines semblent rajeunir avec l'année: je suis du nombre. » Il rajeunissait, en effet. Moins d'une semaine après cette lettre à la belle Juliette, l'ambassadeur sexagénaire reçoit chez lui – voilà la gloire! – la très jolie Hortense Allart. Elle a vingt-huit ans. Le lendemain, dimanche de Pâques, l'ambassadeur va voir chez elle cette ravissante personne, que les scrupules étouffent moins que la rage de vivre et de plaire.

À Rome plus que jamais, dans ce vertige de plaisir de grandeurs et de rêves d'obscurité, en dépit, à cause peut-être, de ses contradictions, Chateaubriand est admirable. Avant de rejoindre Hortense il va à la chapelle Sixtine assister aux *Ténèbres* et au *Miserere* ; voici comment il raconte la scène à Juliette Récamier. « Le jour s'affaiblissait ; les ombres envahissaient lentement les fresques de la chapelle et l'on n'apercevait plus que quelques grands traits du pinceau de Michel-Ange. Les cierges, tour à tour éteints, laissaient échapper de leur lumière étouffée une légère fumée blanche, image assez naturelle de la vie que l'Écriture compare à *une petite vapeur*. Les cardinaux étaient à genoux, le nouveau pape prosterné au même autel où quelques jours avant j'avais vu son prédécesseur ; l'admirable prière de pénitence et de miséricorde, qui avait succédé aux Lamentations du prophète, s'élevait par intervalles dans le silence et la nuit. On se sentait accablé sous le grand mystère d'un Dieu mourant pour effacer les crimes des hommes. La catholique héritière sur ses sept collines était là avec tous ses souvenirs ; mais, au lieu de ces pontifes puissants, de ces cardinaux qui disputaient la préséance aux monarques, un pauvre vieux pape paralytique, sans famille et sans appui, des princes de l'Église sans éclat, annonçaient la fin d'une puissance qui civilisa le monde moderne. Les chefs-d'œuvre des arts disparaissaient avec elle, s'effaçaient sur les murs et sur les voûtes du Vatican, palais à demi abandonné. De curieux étrangers, séparés de l'unité de l'Église, assistaient en passant à la cérémonie et remplaçaient la communauté des fidèles. Une double tristesse s'emparait du cœur. Rome chrétienne, en commémorant l'agonie de Jésus-Christ, avait l'air de célébrer la sienne, de redire pour la nouvelle Jérusalem les paroles que Jérémie adressait à l'ancienne. C'est une belle chose que Rome pour tout oublier, mépriser tout et mourir. »

Quel style ! Quelle sublime mélancolie ! Mais Chateaubriand ne méprisait pas tout. Rappelons une fois encore quelques dates de 1829, non pour sacrifier à la vaine érudition de la petite histoire mais pour établir comme une micro-chronologie du cœur de M. de Chateaubriand.

11 avril, lettre d'amour à Juliette Récamier

15 avril, Mercredi saint : messe des Ténèbres à la chapelle Sixtine, lettre littéraire à Mme Récamier

18 avril, Samedi saint : visite d'Hortense Allart à l'ambassade de France

19 avril, Pâques : visite de Chateaubriand à Hortense Allart, chez elle

Et le 29 avril, à la villa Médicis, grande fête pour la grande-duchesse Hélène, belle-sœur* du tsar Nicolas.

« J'avais donné des bals et des soirées à Londres et à Paris [...] ; mais je ne m'étais pas douté de ce que pouvaient être des fêtes à Rome. » La fête fut exquise et fort bien ordonnée lorsqu'un orage éclata. Il mit le comble au bonheur et à la mélancolie de René. La princesse del Drago, la Palestrina, la Lante, la Zagarola durent s'enfuir sous l'averse, chercher refuge dans le palais. C'était un spectacle fait pour enchanter l'Enchanteur. Le vent, la rafale, les torrents de pluie, les voiles des femmes tourmentés par l'orage, « tout cela donnait un caractère nouveau à ces jeux où semblaient se mêler les tempêtes accoutumées de ma vie ».

Ainsi évoluait entre la haute politique et les femmes assez légères, entre la mélancolie et les fêtes, entre la tentation de la cellule et l'éclat des plaisirs, M. de Chateaubriand. « Je suis bien étranger à ces ébats de la société attachée à mes pas vers la fin de ma course ; et

*NDÉ : Il s'agit en réalité de la belle-fille du tsar.

pourtant il y a dans cette féerie une sorte d'enivrement qui me monte à la tête : je ne m'en débarrasse qu'en allant rafraîchir mon front à la place solitaire de Saint-Pierre ou au Colisée désert. Alors les petits spectacles de la terre s'abîment, et je ne trouve d'égal au brusque changement de la scène que les anciennes tristesses de mes premiers jours. »

Chateaubriand aimait Rome. Il allait pourtant falloir songer à rentrer. Il fallait revoir Juliette, il fallait reprendre contact avec les réalités parisiennes ; Chateaubriand n'avait pas tant à se féliciter d'un gouvernement toujours un peu ingrat. Au moment où il va quitter Rome, Chateaubriand se rend compte tout à coup de tout ce qui l'attache à la Ville éternelle. « Je vais bientôt quitter Rome, et j'espère y revenir. Je l'aime de nouveau passionnément, cette Rome si triste et si belle. » Ses tableaux de Rome sont admirables. « Dans ces architectures changées en fermes je ne trouve souvent qu'une jeune fille sauvage, effarouchée et grimpante comme ses chèvres. » N'est-ce pas déjà dans ces pages comme une première anticipation des images que cent trente ans plus tard devait rendre vivantes pour nous une Gina Lollobrigida ?

Avec un sens jamais en défaut de la grandeur et du pittoresque, Chateaubriand se promène dans les vieilles ruines de la ville. « Les chefs-d'œuvre des grands maîtres ainsi semés dans le désert remplissent l'âme d'une mélancolie profonde. Je me désole qu'on ait réuni les tableaux de Rome dans un musée. » Aujourd'hui encore, le touriste pressé et ignare qui traverse Rome en cinq jours tombe à chaque pas sur les souvenirs de Chateaubriand, de ses amours, de ses fêtes, de ses espoirs et de ses tristesses. De Saint-Louis-des-Français à l'admirable escalier de la Trinité-des-Monts, de la villa Médicis au palais Lancellotti, de la via delle Quatro Fontane au palais Simonetti, c'est à tous les coins de rue les grandes ombres contradictoires des plaisirs et des grandeurs de l'ambassadeur vicomte que l'on verra se lever. Après s'être promené dans Rome, dans ses églises et sur ses places, après avoir gravi les marches usées de ses escaliers pleins de volutes, après s'être agenouillé à ses tombeaux tant sacrés que profanes, après avoir prié à ses autels et rêvé sur ses ruines, que le touriste d'aujourd'hui monte, le soir tombant, de l'autre côté du Tibre, au-dessus du Vatican, sur la colline de Saint-Onuphre. Il arrivera à une petite église. Sur les murs de l'église, la piété qui se souvient a gravé quelques mots tirés des *Mémoires d'outre-tombe*. Ils perpétuent le souvenir de François de Chateaubriand et son amour pour la ville de Rome : « Si j'ai le bonheur de finir mes jours ici, je me suis arrangé pour avoir à Saint-Onuphre un réduit joignant la chambre où le Tasse expira. Aux moments perdus de mon ambassade, à la fenêtre de ma cellule, je continuerai mes *Mémoires*. Dans un des plus beaux sites de la terre, parmi les orangers et les chênes verts, Rome entière sous mes yeux, chaque matin, en me mettant à l'ouvrage, entre le lit de mort et la tombe du poète, j'invoquerai le génie de la gloire et du malheur. »

Retour en France. Hortense Allart de nouveau et première rencontre à l'occasion d'un voyage dans le Sud-Ouest avec l'Occitanienne. Chateaubriand veut faire croire dans ses *Mémoires* qu'elle n'avait que seize ans. Léontine de Villeneuve en avait en vérité vingt-cinq. Promenades sentimentales dans les sentiers des Pyrénées. L'Occitanienne se mariera bientôt, laissant dans l'histoire de la littérature un paradoxal, un peu mensonger et assez éclatant sillage. Mais la politique veille et les amours s'effacent devant les événements. 1830 s'approche, et la révolution. Au lieu de repartir pour Rome, Chateaubriand regagne Paris où la révolution succède bientôt à la démission qu'il a offerte au roi par l'entremise du nouveau Premier ministre : le prince de Polignac. La révolution de Juillet donne le pouvoir à la monarchie bourgeoise de Louis-Philippe et, malgré les offres du nouveau roi, Chateaubriand renonce définitivement aux honneurs.

Il envoya au président de la Chambre des pairs sa démission de pair de France dans les termes suivants qui ne manquaient pas de grandeur :

« *Monsieur le président de la Chambre des pairs,*

Ne pouvant prêter serment de fidélité à Louis-Philippe d'Orléans comme roi des Français, je me trouve frappé d'une incapacité légale qui m'empêche d'assister aux séances de la Chambre héréditaire. Une seule marque des bontés du roi Louis XVIII et de la munificence royale me reste : c'est une pension de pair de douze mille francs, laquelle me fut donnée pour maintenir, sinon avec éclat, du moins avec l'indépendance des premiers besoins, la haute dignité à laquelle j'avais été appelé. Il ne serait pas juste que je conservasse une faveur attachée à l'exercice de fonctions que je ne puis remplir. En conséquence, j'ai l'honneur de résigner entre vos mains ma pension de pair. »

Comme il aimait ses fidélités rétrospectives à l'égard des pouvoirs qui ne l'avaient pas si bien traité ! Comme l'exécution du duc d'Enghien, la chute des Bourbons dictait sa conduite au vicomte de Chateaubriand en supprimant d'un coup les contradictions de sa vie et de ses convictions. Monarchiste et libérale, la révolution de Juillet aurait pu lui convenir et lui plaire, mais elle était usurpatrice quand il était légitimiste et elle était bourgeoise quand il se sentait populaire. Il ne se faisait pas d'illusions pour autant sur ce qu'avait représenté pour lui la monarchie légitime. « Après tout, c'est une monarchie tombée, disait-il, et il en tombera bien d'autres. Elle n'a droit qu'à notre fidélité. Elle l'a ! » Ce mépris qui s'unissait à une solidarité si concrète dans le malheur est d'une grande beauté. Quand on accuse si facilement Chateaubriand de comédie et d'attitude, qu'on n'oublie pas les sacrifices qu'il consentait avec assez d'allure à une cause qu'il jugeait sévèrement. « Je restai nu comme un petit saint Jean, écrit-il dans ses *Mémoires*. Mes broderies, mes dragonnes, franges, torsades, épaulettes, vendues à un juif et par lui fondues, m'ont rapporté sept cents francs, produit net de toutes mes grandeurs. »

Chateaubriand n'était pas un modéré : c'était un extrémiste qui cumulait les extrêmes. « [...] [J]e me serais beaucoup mieux arrangé d'une démocratie, si je n'avais pu conserver la monarchie légitime, que de la monarchie bâtarde octroyée de je ne sais qui. » À partir de 1830 jusqu'à la fin de sa vie, contre un régime bâtard et bourgeois, Chateaubriand adoptera – conservera plutôt – ses opinions libérales et traditionnelles. Mais alors que sous la monarchie légitime ses opinions divergentes le déchiraient contre lui-même, il retrouve son unité dans l'opposition et dans la coalition contre Louis-Philippe. Au moment où se termine sa carrière politique, ses contradictions s'évanouissent dans l'hostilité, non à la monarchie ni à la liberté, mais à l'usurpation et à la bourgeoisie triomphante. Le vicomte de Chateaubriand était un aristocrate populaire, libéral, légitimiste et enclin par nature aux attitudes brillantes et mélancoliques de l'exil et de l'opposition. « La France s'est mise en boutique; eh bien! qu'elle vende à l'étranger la gloire de Saint-Louis et de Napoléon! » On se rappelle les sorties bellicistes de Chateaubriand à l'époque de la guerre d'Espagne. Sous la monarchie de Juillet – « ce pot-au-feu d'une monarchie domestique » –, il s'indigne contre la veulerie timorée de l'époque Louis-Philippe. « La France est à présent toute en bedaine, et la fière jeunesse est entrée dans cette rotondité. [...] Une chose seulement m'étonne: c'est le manque d'honneur du moment. Je n'aurais jamais imaginé que la jeune France pût vouloir la paix à tout prix... » Le juste milieu bourgeois exaspérait Chateaubriand. Il en devenait nationaliste farouche – juste au moment où l'ardente Hortense Allart lui préférait un jeune Anglais!

« Forçat libéré des galères du monde et de la cour », Chateaubriand allait-il maintenant entrer « avec amour dans le repos »? Hélas! Toute la fin de sa vie va être placée sous le signe de cette malédiction héréditaire: l'argent. Les femmes, les honneurs, les richesses, la vie politique et les fêtes l'ont quitté en même temps. Il ne restera plus désormais à l'Enchanteur vieillissant qu'une fidélité dérisoire et tenace et des inquiétudes d'argent.

Après les forêts d'Amérique et les passions à la *René*, c'est le tour maintenant de quelques voyages en Suisse d'une tendre et fidèle amitié avec Juliette Récamier et d'une douce rupture avec Hortense Allart : les autres maîtresses sont presque toutes mortes.

Ces soucis pécuniaires qui l'avaient tourmenté toute sa vie et qui auront tourmenté toute sa race, il les exprime avec éclat dans une page célèbre qui jette un jour assez effrayant sur ses rapports avec sa femme : « Oh ! argent que j'ai tant méprisé et que je ne puis aimer quoi que je fasse, je suis forcé d'avouer pourtant ton mérite : source de la liberté, tu arranges mille choses dans notre existence, où tout est difficile sans toi. Excepté la gloire, que ne peux-tu pas procurer ? Avec toi on est beau, jeune, adoré ; on a considération, honneurs, qualités, vertus. Vous me direz qu'avec de l'argent on n'a que l'apparence de tout cela : qu'importe, si je crois vrai ce qui est faux ? trompez-moi bien et je vous tiens quitte du reste : la vie est-elle autre chose qu'un mensonge ? Quand on n'a point d'argent, on est dans la dépendance de toutes choses et de tout le monde. Deux créatures qui ne se conviennent pas pourraient aller chacune de son côté ; eh bien ! faute de quelques pistoles, il faut qu'elles restent là en face l'une de l'autre à se bouder, à se maugréer, à s'aigrir l'humeur, à s'avaler la langue d'ennui, à se manger l'âme et le blanc des yeux, à se faire, en enrageant, le sacrifice mutuel de leurs goûts, de leurs penchants, de leurs façons naturelles de vivre : la misère les serre l'une contre l'autre, et, dans ces liens de gueux, au lieu de s'embrasser elles se mordent, mais non pas comme Flora mordait Pompée. Sans argent, nul moyen de fuite ; on ne peut aller chercher un autre soleil, et, avec une âme fière, on porte incessamment des chaînes. » Avec la mélancolie, l'ennui, le goût du changement et l'amour, l'argent, le vil argent si aisément méprisé par ceux qui en ont, aura été l'une des clés du vicomte de Chateaubriand.

Ainsi s'annonce assez tristement la fin de la vie de l'Enchanteur : plus de maîtresse mais sa femme, d'ailleurs fidèle et point si sotte, plus de fêtes, une renommée déclinante, fort peu d'argent, l'attente de la mort... Cette gloire qu'il avait tant aimée ne lui laissera-t-elle donc plus rien pour ennoblir ses dernières années ? Ne lui reste-t-il plus rien que des souvenirs admirables ? Mais non ! Il lui reste aussi d'écrire encore quelques chefs-d'œuvre.

En 1831 paraissent de Chateaubriand des *Études historiques*, une *Analyse raisonnée de l'Histoire de France* et un libelle politique : *De la Restauration et de la monarchie élective.* Mais à qui désormais lire les ouvrages qu'il prépare, de qui recevoir des conseils ? Comme les maîtresses, les amis sont morts : Joubert en 1824, Fontanes en 1821. Dans l'ombre de Juliette Récamier, dans cet ancien couvent de la rue de Sèvres qui portait le nom champêtre d'Abbaye-aux-Bois et où Mme Récamier avait choisi de s'établir, de fidèles amis parmi lesquels Ampère et Ballanche entourent encore cependant le poète vieillissant. Même ces amitiés de vieillesse, c'est encore aux femmes qu'il les doit : Ballanche aime Juliette Récamier et il sera même couché auprès d'elle jusqu'à la fin des temps, car Juliette Récamier l'accueillera enfin dans sa tombe pour une froide et vaine éternité.

Entre les travaux littéraires et la vieillesse qui s'approche, l'usurpation bourgeoise donne encore une grande joie au légitimiste libéral : elle l'enferme pour quinze jours à cause d'une histoire d'argent, de choléra et de princesse. Voici ce qui s'était passé. Le choléra avait fait des ravages en France en 1832 et la duchesse de Berry, mère du duc de Bordeaux et belle-sœur* de Charles X, avait chargé Chateaubriand de distribuer douze mille francs aux familles des victimes. Les autorités établies s'étaient opposées à ces largesses politiques. Une certaine agitation en était résultée et Chateaubriand fut envoyé pendant quinze jours, en guise de cellule et de cachot, dans le cabinet de toilette de la fille du préfet de police. Il y composa quelques vers avant d'être remis en liberté.

La duchesse de Berry devait réserver une autre aventure encore et une dernière mission à celui qui, après avoir été si médiocrement traité par la légitimité triomphante, était désormais redevenu le héros et le hérault de la légitimité souffrante. À la suite de ces intrigues, la duchesse de Berry avait été arrêtée à Nantes et jetée en prison. Veuve depuis douze ans, elle accoucha en prison, dans des conditions assez peu honorables pour la monarchie bourgeoise, d'un enfant dont la naissance ne manqua pas de réjouir et de soulager sensiblement sa famille d'Orléans.

Une femme spirituelle et un peu méchante qui a laissé des mémoires fameux, Mme de Boigne, suggère un peu perfidement mais avec un semblant de

*NDÉ : Il s'agit de sa belle-fille.

raison que le roi Louis-Philippe n'était pas seul à se réjouir des malheurs de la duchesse de Berry. Avec des sentiments bien différents, Chateaubriand mêla peut-être à une indignation sincère une satisfaction inconsciente : « Nul ne ressentit une plus vive satisfaction de l'arrestation de Mme la duchesse de Berry que M. de Chateaubriand [...]. [Il] périssait d'ennui et ne savait comment revenir [...] ; [il] accueillit comme l'étoile du salut l'arrestation faite à Nantes. » Lorsque le scandale éclata, Chateaubriand garda avec élégance sa fidélité à la princesse. Il avait dû écrire avec quelque plaisir sa tirade d'hommage qui devint vite fameuse : « Illustre captive de Blaye, *MADAME!* que votre héroïque présence sur une terre qui se connaît en héroïsme amène la France à vous répéter ce que mon indépendance politique m'a acquis le droit de vous dire : "*Madame, votre fils est mon roi!*" »

La récompense ne tarda pas. La duchesse de Berry demanda à son chevalier servant de partir pour Prague et d'aller annoncer à Charles X qui s'y était établi son mariage secret avec le comte de Lucchesi-Palli. Ce sera la dernière ambassade du vicomte de Chateaubriand.

Il y a quelque chose de bouleversant dans cette dernière mission du serviteur fidèle vers ses maîtres exilés. La traversée du Rhin, du Danube, de la « forêt hercynienne » et de la Bohême prennent dans les écrits de Chateaubriand une allure sinistre, éclatante et fantomatique. La lune, les pins noirs, l'orage lui-même étaient fidèles au rendez-vous. Et pour un comble d'ironie, c'était dans un reste des grandeurs passées que Chateaubriand allait vers les grandeurs déchues. C'était dans « une calèche de voyage, autrefois construite à l'usage du prince de Talleyrand », que roulait Chateaubriand. Il l'avait fait réparer, racontait-il, « afin de la rendre capable de marcher contre nature : car, par son origine et ses habitudes, elle est peu disposée à courir après les rois tombés. » En découvrant enfin Prague « aux deux bords de la Moldau », il s'attendrit, toujours sensible à l'émotion du geste ! « Captive de Blaye ! Je vais voir votre fils ! » et il s'écrira, en une formule étonnamment révélatrice de sa fidélité paradoxale, pleine de contradictions et de grandeur : « Ô mon vieux roi, vous que je me plais, parce que vous êtes tombé, à appeler mon maître ! »

L'entrevue de Prague fut troublante et cocasse. L'émotion de Chateaubriand ne tarit pas en lui la veine comique de l'humoriste : elle s'unit à la grandeur du poète. Il faut lire, par exemple, le portrait trop peu connu de M. de Blacas qui avait fidèlement accompagné Charles X ! « M. de Blacas, avec sa longue figure immobile et décolorée, est l'entrepreneur des pompes funèbres de la monarchie ; il l'a enterrée à Hartwell, il l'a enterrée à Gand, il l'a réenterrée à Édimbourg et il la réenterrera à Prague ou ailleurs, toujours veillant à la dépouille des hauts et puissants défunts, comme ces paysans des côtes qui recueillent les objets naufragés que la mer rejette sur ses bords. »

La mission à Prague fut en fin de compte décevante. Elle nous vaut plus de belles pages qu'elle ne valut à Chateaubriand de satisfaction politique. Les filles qu'il rencontra sur les routes de Bohême lui parurent de plus de prix que les paroles un peu banales du souverain en exil. À son retour en France, Chateaubriand écrivit deux lettres. L'une à la duchesse de Berry (déjà expulsée en Italie), qui lui rendait compte de sa mission ; l'autre à la Dauphine. Cette dernière lettre, trop peu connue également, est assez remarquable. Chateaubriand avait réfléchi à la ligne de conduite que devrait tenir un jour Henri V. Il était arrivé à cette conclusion audacieuse qu'il ramassait en une ligne : « Henri V n'a d'autre frère que son peuple : qu'il le fasse roi. » Et à la Dauphine, à Prague, il écrivit « d'un trait, en suivant mon allure, la lettre qui devait me casser le cou. »

« L'éloge est suspect quand il s'adresse à la prospérité : avec Mme la Dauphine, l'admiration est à l'aise. Je l'ai dit, Madame : vos malheurs sont montés si haut, qu'ils sont devenus une des gloires de la révolution. [...] [s]i je vous disais que la légitimité a des chances de revenir par l'aristocratie de la noblesse et du clergé avec leurs privilèges, par la cour avec ses distinctions, par la royauté avec ses prestiges, je vous tromperais. La légitimité en France n'est plus un sentiment [...]. Lorsqu'on avance que la légitimité arrivera forcément, qu'on ne saurait se passer d'elle, qu'il suffit d'attendre, pour que la France à genoux vienne lui crier merci, on avance une erreur. [...] Tout ce qui militait en 1789 pour le maintien de l'ancien régime, religion, lois, mœurs, usages, propriétés, classes, privilèges, corporations, n'existe plus. [...] Les rois croient qu'en faisant sentinelle autour de leurs trônes ils arrêteront les mouvements de l'intelligence ; ils s'imaginent qu'en donnant le signalement des principes ils les feront saisir aux frontières ; ils se persuadent qu'en multipliant les douanes, les gendarmes, les espions de police, les commissions militaires, ils les empêcheront de circuler. Mais ces idées ne cheminent pas à pied, elles sont dans l'air, elles volent, on les respire. [...] Si je n'avais fait entendre une voix libre au jour de la fortune, je ne me serais pas senti le courage de dire la vérité au temps du malheur. »

Ce n'est pas seulement le style qui éclate dans ces lignes, c'est tout le courage de l'intelligence.

La duchesse convoqua bientôt Chateaubriand en Italie. Il « pérégrina derechef dans la calèche du prince de Bénévent » pendant que celui-ci « mangeait à Londres au râtelier de son cinquième maître, en expectative de l'accident qui l'enverra peut-être dormir à Westminster, parmi les saints, les rois et les sages ; sépulture justement acquise à sa religion, sa fidélité et ses vertus. »

C'était son dixième passage des Alpes. Les souvenirs et ses réflexions lui vinrent en foule à l'esprit sur la propriété privée, sur les années passées, sur le destin des hommes, sur la géographie des Alpes… « La descente sur Domo d'Ossola m'a paru de plus en plus merveilleuse ; un certain jeu de lumière et d'ombre en accroissait la magie. […] Un Paganini aveugle chante et joue du violon au bord du lac en passant le Tessin. » En traversant Vérone, il songea à l'Empire, à ses grands hommes et à lui-même. « Faisons l'appel de ces poursuivants de songes ; ouvrons le livre du jour de colère : *Liber scriptus proferetur* ; monarques ! princes ! ministres ! voici votre ambassadeur, voici votre collègue revenu à son poste : où êtes-vous ? répondez. » Et à tous les noms qu'il jette au vent qui vient des Alpes – le pape, l'empereur de Russie, l'empereur d'Autriche, le roi de France, le roi d'Angleterre… – à tous ces noms, il répond : « Mort ».

Venise. Ferrare. La duchesse de Berry voulut absolument que Chateaubriand retourne de nouveau à Prague en sa compagnie. Il partit seul jusqu'à Henri V : la police autrichienne ne laissa pas passer la duchesse de Berry.

Chateaubriand revit Charles X, il dit à Henri V quelques mots graves sur sa majorité qu'il vient d'atteindre ; avec le Dauphin, il échangea quelques mots sur les maux de dents de Mme de Chateaubriand. C'était fini. Il rentra en France. Désormais, sa fidélité à la monarchie légitime allait survivre, même sans emploi. Deux fois encore, en 1843 à Londres, en 1845 à Venise, il irait saluer un Bourbon : le fils de la duchesse de Berry, son roi, Henri V, le comte de Chambord. Mais sa vie politique était définitivement terminée. Dans ses années de vieillesse, il allait revenir à ses premières amours. Et comme Corneille pour *Suréna*, il allait rendre publiques coup sur coup, dans ses dernières années, deux très grands chefs-d'œuvre : *La Vie de Rancé* en 1844 et ses *Mémoires d'outre-tombe* en 1848.

La Vie de Rancé est digne en tout point de ce que Chateaubriand écrit de plus admirable. C'est une œuvre de circonstance et même de commande. Son directeur de conscience lui avait suggéré d'écrire la vie d'Armand Jean Le Bouthillier de Rancé, réformateur de la Trappe. C'était une forte figure qui a hanté depuis le XVIIe siècle plus d'un poète et d'un historien. De nos jours encore, chantent les vers d'Aragon.

Au cloître que Rancé maintenant disparaisse
Il n'a de prix pour nous que dans ce seul moment
Et dans ce seul regard qu'il jette à sa maîtresse
Qui contient toutes les détresses
Le feu du ciel volé brûle éternellement

Armand de Rancé était un libertin. Amant de Mme de Montbazon, il décida de se convertir soudain en la voyant mourir subitement. Le reste de sa vie se passa en pénitences et en mortifications à la Trappe dont il avait rétabli la règle.

C'était un beau sujet pour Chateaubriand. Il y employa toutes les ressources de l'éloquence et du cœur. C'est dans *La Vie de Rancé* que figurent quelques-unes des phrases les plus fameuses de l'Enchanteur. Parlant de Rancé affolé de douleur après la mort de sa maîtresse, Chateaubriand se souvenaient de son adolescence fiévreuse sur les landes bretonnes : « Il invoquait la nuit et la lune. Il eut toutes les angoisses et toutes les palpitations de l'attente : Mme de Montbazon était allée à l'infidélité éternelle. » Et lorsque, passant en revue les passions des hommes, Chateaubriand s'arrête enfin sur celle qui dispose des cœurs et des têtes, c'est une bien terrible formule qui lui sert à la peindre : « L'amour ? Il est trompé, fugitif ou coupable. » Et quels portraits, dignes une fois encore de Saint-Simon et de Proust ! Bossuet : « Il se leva sur la Trappe comme le soleil sur une forêt sauvage » ; Mabillon : « Dans l'ombre des cloîtres, on entendit un bruit de papier et de poussière : c'était Mabillon qui s'élevait » ; Saint-Simon : « il écrivait à la diable pour l'immortalité. »

La Vie de Rancé devait être le dernier ouvrage de Chateaubriand à paraître avant sa mort. En 1847, les *Mémoires d'outre-tombe* commencèrent, en partie seulement, à paraître en feuilleton dans *La Presse* de Girardin. Chateaubriand meurt en 1848.

En 1841, il avait écrit les derniers chapitres de ses *Mémoires* – conçus à Rome, et commencés dès 1809 –, ceux où, en un raccourci foudroyant, il passe en revue le vieil ordre européen, les changements qu'il a subis et les lendemains qui se préparent. « Le vieil ordre européen expire […]. La propriété, par exemple, restera-t-elle distribuée comme elle l'est ? […] À mesure que l'instruction descend dans ces classes inférieures, celles-ci découvrent la plaie secrète qui ronge l'ordre social irréligieux. La trop grande disproportion des conditions et des fortunes a pu se supporter tant qu'elle a été cachée ; mais aussitôt que cette disproportion a été généralement aperçue, le coup mortel a été porté. Recomposez, si vous le pouvez, les fictions aristocratiques ; essayez de persuader au pauvre, lorsqu'il saura bien lire et ne croira plus, lorsqu'il possédera la même instruction que vous, essayez de lui persuader qu'il doit se soumettre à toutes les privations, tandis que son voisin possède mille fois le superflu : pour dernière ressource il vous le faudra tuer. »

Ce n'est pas seulement la lutte des classes que prévoit ainsi notre légitimiste catholique, ce sont encore tous les problèmes, devenus classiques depuis un siècle, de l'univers rétréci, du nombre des hommes, du machinisme, de l'éducation populaire et des loisirs : « [...] supposez les bras condamnés au repos en raison de la multiplicité et de la variété des machines ; admettez qu'un mercenaire unique et général, la matière, remplace les mercenaires de la glèbe et de la domesticité : que ferez-vous du genre humain désoccupé ? Que ferez-vous des passions oisives en même temps que l'intelligence ? » Il faudra attendre le développement du capitalisme américain et, chez nous, Léon Blum, pour que des éléments de réponse soient apportés à ces questions.

Emporté par le pessimisme et par la curiosité, Chateaubriand va jusqu'à envisager de « demander à la science le moyen de changer de planète ». Légitimiste peut-être, mais certainement pas conservateur, il se fait peu d'illusions sur la durée des systèmes sociaux : « Oui, la société périra : la liberté, qui pouvait sauver le monde, ne marchera pas, faute de s'appuyer à la religion ; l'ordre, qui pouvait maintenir la régularité, ne s'établira pas solidement, parce que l'anarchie des idées le combat. [...] [N]ul ne sera sauvé qu'il ne soit né, comme le Christ, sur la paille. »

Sur la dialectique de la tyrannie et de la liberté, de l'égalité et de l'inégalité, des besoins et du bonheur, le style somptueux de Chateaubriand ne recouvre pas des idées médiocres. Elles sont sans doute marquées par son temps et par son goût. Mais elles discernent les problèmes et elles posent fort bien les questions. « [L]es excès de la liberté mènent au despotisme [...]. Las de la propriété particulière, voulez-vous faire du gouvernement un propriétaire unique, distribuant à la communauté devenue mendiante une part mesurée sur le mérite de chaque individu ? Qui jugera des mérites ? Qui aura la force et l'autorité de faire exécuter vos arrêts ? [...] L'inégalité naturelle reparaîtra en dépit de vos efforts [...]. Car, ne vous y trompez pas : [...] sans la propriété individuelle, nul n'est affranchi ; quiconque n'a pas de propriété ne peut être indépendant [...]. La propriété héréditaire et inviolable est notre défense personnelle ; la propriété n'est autre chose que la *liberté* ; l'*égalité absolue*, qui présuppose la *soumission complète* à cette *égalité*, reproduirait la plus dure servitude. » Quelle lucidité dans ces interrogations fiévreuses et superbes qui anticipent les problèmes d'une humanité plus vieille de cinquante années ! Évoquant les choix qui s'imposeront au monde, Chateaubriand les personnifie en un dilemme qui l'épouvante : « l'idéale médiocrité des Américains » à laquelle se mêlent « les mots de morale et de religion » ou les Chinois « à peu près athées » allant « de Canton à la grande muraille deviser d'un marais à dessécher, d'un canal à creuser [...]. Dans l'une ou l'autre supposition, Américain ou Chinois, je serai heureux d'être parti avant qu'une telle félicité me soit advenue. »

La conclusion à laquelle aboutit Chateaubriand au terme de sa vie et de son œuvre, c'est que « l'idée chrétienne est l'avenir du monde ». À un certain niveau, la religion est la vérité de Chateaubriand. Mais l'homme n'est-il pas fait de couches successives de vérités, de stratifications différentes auxquelles affleurent tel ou tel visage, telle ou telle révélation ? Les femmes et l'amour sont une des clés de Chateaubriand. La vanité et la gloire en sont une autre. La religion chrétienne se situe certainement dans cette âme à des profondeurs plus fondamentales. On peut se demander cependant si ce qui l'emporte chez lui est l'amour de Dieu ou un certain sens du néant, la ferveur ou l'indifférence. C'est dans la conjonction de ces deux tendances que se situe, je crois, ce que Chateaubriand nous a apporté d'irremplaçable et d'unique. C'était un homme de foi et de désespoir, et les passions qu'il nourrissait étaient tendues par l'éternité et minées par un sens irrésistible de l'inutilité.

Arrachés à la fois au passé et à l'avenir, les *Mémoires d'outre-tombe* paraissaient en feuilleton ; et M. de Chateaubriand se mourait. Il revit Hortense Allart. Il revit l'Occitanienne, Léontine de Villeneuve qui avait épousé – comme Charlotte Ives – son amiral, M. de Castelbajac. Ces rencontres, au soir d'une vie, avec les êtres aimés sont de terribles épreuves. Elles donnent l'image d'une existence comme ces pierres-témoins, éparses dans le temps et l'espace, donnent l'histoire d'une époque. Il voyait encore Juliette Récamier. Est-ce celle-là qu'il avait vraiment aimée ? Dans les vies riches et peuplées, la tentation est forte de faire un choix entre les amours, d'en trouver enfin un vrai, un grand, entouré seulement d'aventures. Mais qui fut le grand amour de M. de Chateaubriand ? La plus modeste : Charlotte Ives ? La plus fidèle : Juliette Récamier ? La plus passionnée : Pauline de Beaumont ? La plus jeune : Léontine de Villeneuve ? Qui le dira ? Mais Juliette Récamier fut là jusqu'à la fin.

Jusqu'à la fin. Mme de Chateaubriand, elle, était morte en février 1847. Céleste Buisson de La Vigne n'avait pas eu grande part aux amours du vicomte. Mais, enfin, c'était sa femme. Victor Hugo, dont il faut lire les pages sur la fin de Chateaubriand raconte dans *Choses vues* que Chateaubriand riait aux éclats le jour des obsèques de sa femme. Il raconte aussi les dernières rencontres de Juliette et de René : « Cela était touchant et triste. La femme qui ne voyait plus cherchait l'homme qui ne sentait plus ; leurs deux mains se rencontraient. Que Dieu soit béni ! On va cesser de vivre qu'on s'aime encore. »

Balayant les amours qui se traînent, la politique, la rue, le canon poursuivaient leur vacarme. En février 1848, Louis-Philippe tombait. « C'est bien fait », commenta Chateaubriand. Les remous de l'insurrection se calmaient à peine lorsque Chateaubriand mourut, le 4 juillet 1848, dans la vieille maison du 120 de la rue du Bac où une plaque, en face de son buste élevé dans un petit square, rappelle aujourd'hui son souvenir au passant distrait, pressé et grincheux.

Les obsèques eurent lieu le 8 juillet. Victor Hugo y était. Après les rencontres entre un homme et une femme, les componctions de grands hommes sont sans doute ce qu'il y a au monde de plus émouvant et de plus digne d'estime. Écoutons le poète parler une dernière fois de l'Enchanteur : « Paris était comme abruti par les journées de Juin, et tout ce bruit de fusillades, de canon et de tocsin qu'il avait encore dans les oreilles l'empêcha d'entendre, à la mort de M. de Chateaubriand, cette espèce de silence qui se fait autour des grands hommes disparus. [...] Il y eut peu de foule et une émotion médiocre aux obsèques de M. de Chateaubriand. [...][La] cérémonie, qui eut tout ensemble je ne sais quoi de pompeux qui excluait la simplicité et je ne sais quoi de bourgeois qui excluait la grandeur. C'était trop et trop peu. J'eusse voulu pour M. de Chateaubriand des funérailles royales,

Notre-Dame, le manteau de pair, l'habit de l'Institut, l'épée du gentilhomme émigré, le collier de l'ordre, la Toison d'or, tous les corps présents, la moitié de la garnison sur pied, les tambours drapés, le canon de cinq en cinq minutes, – ou le corbillard du pauvre dans une église de campagne. » Il n'y a que les grands écrivains pour avoir le sens de la grandeur.

« Il faut le tenir moins pour un rayon de bibliothèque que pour un grand vivant. » C'est cette éclatante formule qu'applique à Chateaubriand le plus intelligent des critiques, Albert Thibaudet, que je me suis proposé d'illustrer. Je n'avais pas l'intention en commençant ces quelques pages d'alourdir de nouveaux commentaires la vie et l'œuvre du vicomte de Chateaubriand. J'aurais atteint mon but si l'envie prenait quelques-uns de mes lecteurs de relire quelques pages de Chateaubriand. Non *Les Martyrs* ni le *Génie du christianisme*, ni même l'*Essai sur les révolutions*, mais *La Vie de Rancé* peut-être – et surtout les *Mémoires d'outre-tombe*. On se demandera sans doute en les relisant pourquoi j'ai écrit ce petit livre. Je me le demande aussi. Sa seule justification serait d'être une introduction à ce chef-d'œuvre – parfois un peu trop discret – qui reste l'un des plus beaux livres de la littérature française. Oui, Corneille et Racine sont grands, et Hugo et Baudelaire et Verlaine et Valéry. Mais dans la majestueuse lignée de la prose française, il y a – en passant par Pascal et Bossuet – de Montaigne à Saint-Simon, à Chateaubriand et à Proust, une continuité dans l'excellence et dans la grandeur qui est comme une justification de ces exaltations dont la littérature nourrit les âmes naïves, enthousiastes et avides. Je n'ai plus d'autre prétention que de me taire et de rendre le lecteur à de plus substantielles nourritures – de celles qui faisaient écrire à un jeune homme dans un de ses cahiers de classe : « Je veux être Chateaubriand ou rien. » C'était le fils d'un général ; il s'appelait Victor Hugo.

Oui, beaucoup de choses sont mortes de ce qu'avait écrit le vicomte. Mais son prestige reste entier. L'image qu'il laisse de lui est encore éclatante. C'est un curieux paradoxe que cet homme dont la vie, à l'époque, fut peut-être manquée et dont l'œuvre, aujourd'hui, est sans doute oubliée. Ce qui est admirable chez lui, c'est l'ombre de son souvenir tout mêlé d'attitudes, de légendes, de mythes, de mensonges peut-être, qui s'étend sur tout un siècle et déborde sur le nôtre. Ce ne sont pas seulement l'art, l'histoire, la critique littéraire, les sciences religieuses, toute la poésie du XIXe qui sont influencés par l'Enchanteur. Le romantisme de Chateaubriand est à l'origine d'un ennui, d'une fureur de vivre, d'une ardeur triste qui pèsent lourd aujourd'hui. Il est à l'origine, en vérité, de tout ce qu'il y a de plus contradictoire dans la littérature et dans la sensibilité contemporaine. Hugo voulait être Chateaubriand ; Augustin Thierry raconte en une page fameuse comment la lecture des *Martyrs* déclencha dans l'enthousiasme sa vocation d'historien. Taine et Renan n'échappent pas à ses influences ; toute la poésie du XIXe – à commencer par Lamartine, Vigny, Gautier – est d'abord dominée par son ombre gigantesque. On en retrouverait des traces dans George Sand, dans Pierre Loti, dans Gustave Flaubert. Le journalisme, la satire politique, l'éloquence parlementaire lui doivent des lettres de noblesse. Thibaudet l'écrit fort bien : « Il a rempli un rôle impérial. » Ancêtre d'une certaine mélancolie, d'une *Weltschmerz* qui n'est pas morte, il l'est aussi de Proust qui souligne lui-même que l'un des thèmes essentiels de son œuvre – le passé soudain retrouvé intégralement dans une sensation présente – est déjà en germe chez Chateaubriand : « N'est-ce pas à mes sensations du genre de celle de la madeleine qu'est suspendue la plus belle partie des *Mémoires d'outre-tombe* : “Hier au soir je me promenais seul ; le ciel ressemblait à un ciel d'automne ; un vent froid soufflait par intervalles. [...] Je fus tiré de mes réflexions par le gazouillement d'une grive perchée sur la plus haute branche d'un bouleau. À l'instant, ce son magique fit reparaître à mes yeux le domaine paternel ; j'oubliai les catastrophes dont je venais d'être le témoin, et, transporté subitement dans le passé, je revis ces campagnes où j'entendis si souvent siffler la grive.” Et une des deux ou trois plus belles phrases de ces mémoires n'est-elle pas celle-ci : “Une odeur fine et suave d'héliotrope s'exhalait d'un petit carré de fèves en fleurs ; elle ne nous était point apportée par une brise de la patrie, mais par un vent sauvage de Terre-Neuve, sans relation avec la plante exilée, sans sympathie de réminiscence et de volupté. Dans ce parfum, non respiré de la beauté, non épuré dans son sein, non répandu sur ses traces, dans ce parfum chargé d'aurore, de culture et de monde, il y avait toutes les mélancolies des regrets, de l'absence et de la jeunesse." »*

Il est à l'origine, dirais-je, de ce qu'il y a de plus contradictoire dans la sensibilité contemporaine. Et je ne m'en étonne guère. Si je devais, à mon tour, dire l'image que je me forme de Chateaubriand tel que je le vois et l'admire et l'aime, c'est sous le signe de la contradiction que s'inscrirait cette image – toute personnelle et sans doute à la fois et partiale et partisane.

Cette division contre lui-même est intimement liée à l'orgueil, à l'ennui et à une indifférence fondamentale. Voilà qui domine la constellation Chateaubriand.

Cet homme qui écrivit « la vie me fut infligée » et « toute mon existence a été une suite d'ennuis » a pu être défini par Sainte-Beuve comme « l'homme de désir, au sens épicurien ». Au sein même de son ennui, ce qui lui manque d'abord, c'est un goût irrésistible pour le changement : « Pasteur ou roi, qu'aurais-je fait de mon sceptre ou de ma houlette ? Je me serais également fatigué de la gloire et du génie, du travail et du loisir, de la propriété et de l'infortune. Tout me lasse : je remorque avec peine mon ennui avec mes jours, et

*Marcel Proust, « Le Temps retrouvé », *in À la Recherche du temps perdu*, tome III, Pléiade, Gallimard.

je vais partout bâillant ma vie. » Il a éperdument poursuivi la gloire en réclamant l'obscurité. Selon une formule fameuse, il voulait « une cellule sur un théâtre ». La gloire dont il se couvrit comme champion du christianisme, il la troque selon ses propres mots contre de l'amour et des femmes : « Il n'est ici-bas chrétien plus croyant et homme plus incrédule que moi. » Et le même esprit qui professait que « l'idée chrétienne est l'avenir du monde » s'était demandé jadis : « Quelle sera la religion qui remplacera le christianisme ? » Monarchiste ultra et démocrate proche du peuple, lié au passé et si proche pourtant de l'avenir, attaché à l'argent et superbement généreux, assoiffé d'éternité et emporté plus que personne dans les remous du temps qui passe, il a prononcé en souriant sur lui-même ce terrible jugement : « Je n'ai jamais aimé la même chose un quart d'heure de suite ».

Mais il est interdit de plier le génie à nos médiocres toises. Thibaudet dit encore, très fin, lorsqu'il rappelle que Sainte-Beuve ne voyait dans Chateaubriand qu'un homme à bonne fortune, que « le désir comme le style, comme l'ennui, doit être tenu en Chateaubriand pour une nature irréductible à toutes satisfactions possibles ». De même pour la contradiction : elle n'est pas chez lui le signe d'une indécision ou d'un désir de jouir bassement de ce qui passe à la portée de la main. Elle produit subitement l'exubérance des désirs, la richesse du tempérament, la puissance du génie. Elle n'est pas tournée vers le bonheur, mais vers l'inquiétude. Les femmes, l'ennui, l'orgueil, l'indifférence, la passion et la contradiction sont, chez Chateaubriand, la marque indélébile d'un tourment de vivre et d'une espèce d'angoisse qui se dissimule pour nous derrière l'éclat d'un style et la splendeur des images.

Jusque dans les évocations de sa fin, la contradiction éclate avec magnificence. Tantôt il s'écrie : « [...] mourons tout entiers, de peur de souffrir ailleurs. Cette vie-ci doit corriger de la manie d'être. » Tantôt il exprime ses espoirs dans une vie de l'au-delà : « Dieu de grandeur et de miséricorde ! vous ne nous avez point jetés sur la terre pour des chagrins peu dignes et pour un misérable bonheur ! Notre désenchantement inévitable nous avertit que nos destinées sont plus sublimes. Quelles qu'aient été nos erreurs, si nous avons conservé une âme sérieuse et pensé à vous au milieu de nos faiblesses, nous serons transportés, quand votre bonté nous délivrera, dans cette région où les attachements sont éternels ! »

Croyant et incroyant, infidèle et fidèle, grand seigneur somptueux détaché cependant des biens de ce monde, assoiffé de gloire et accablé d'ennui, tourné vers le passé et prophète de l'avenir, emporté par les orages du temps et avide pourtant de la seule éternité, déguisé et loyal, mélancolique et superbe, on peut tout dire sans doute du vicomte de Chateaubriand. Tout, oui. Ou presque tout. Ce n'était pas un médiocre.

Bibliographie

Un très mince ouvrage de cette espèce ne comporte pas de bibliographie. Une bibliographie même non exhaustive des travaux consacrés à Chateaubriand suffirait d'ailleurs à elle seule à remplir des dizaines et des centaines de pages. Je voudrais seulement indiquer que je dois tout à quelques livres et à quelques auteurs à l'égard de qui j'ai contracté les dettes les plus accablantes. Je renvoie surtout le lecteur curieux aux travaux suivants :

Baldensperger Fernand, « Chateaubriand et l'émigration royaliste à Londres » *in Études d'histoire littéraire*, Paris, Hachette, 1910.

Beau de Loménie Emmanuel, *La carrière politique de Chateaubriand de 1814 à 1830*, Paris, Plon, 1929.

Bédier Joseph, « Chateaubriand en Amérique : vérité et fiction », *in Études critiques*, Paris, Armand Colin, 1903.

Bérenger Henry, *Chateaubriand, héros de l'aventure romantique*, Paris, Hachette, 1931.

Duchemin Marcel, *Chateaubriand : essais de critique et d'histoire littéraire*, Paris, J. Vrin, 1938.

Durry Marie-Jeanne, *La vieillesse de Chateaubriand (1830-1848)*, Paris, Le Divan, 1933.

Giraud Victor, *Chateaubriand - Études littéraires*, Paris, Hachette, 1904.

Henriot Émile, *Livres et portraits*, Paris, Plon, 1923.

Hugo Victor, *Choses vues*, Paris, Ollendorff, 1913.

Lemaître Jules, *Chateaubriand*, Paris, Calmann-Lévy, 1912.

Levaillant Maurice, *Splendeurs et misères de M. de Chateaubriand, d'après des documents inédits*, Paris, Ollendorff, 1922.

Le Savoureux Henry, *Chateaubriand*, Paris, Rieder, 1930.

Marcellus Comte de, *Chateaubriand et son temps*, Paris, Michel Lévy Frères, 1859.

Martin-Chauffier Louis, « Le mythe de Chateaubriand », *Nouvelle Revue Française*, n° 164, mai 1927.

Maurois André, *René ou la vie de Chateaubriand*, Paris, Grasset, 1938.

Maurras Charles, *Trois idées politiques : Chateaubriand, Michelet, Sainte-Beuve*, Paris, Honoré Champion, 1898 (rééd. augmentée 1912).

Moreau Pierre, *Chateaubriand : l'homme et la vie, le génie et les livres*, Paris, Garnier, 1927.

Pange Comtesse de, « Chateaubriand à Méréville », *in Bulletin de la Société Chateaubriand*, t. I, 1931.

Rouch Jules, « Orages et tempêtes dans Chateaubriand », Paris, *Géographie*, janv.-févr. 1926.

Je ne saurais trop inciter mon lecteur à rouvrir les *Mémoires d'outre-tombe*.

Je ne mentionne que pour moi-même les ouvrages généraux de Brunetière, Faguet, Bédier et Hazard, de Lanson, Thibaudet etc., auxquels on se reportera avec respect.

Postface

—

Une découverte romanesque

Le souvenir de cette journée de juin aurait pu vite devenir flou, mais à bien des égards, j'ai immédiatement senti que cette découverte serait exceptionnelle. Héloïse d'Ormesson, qui travaillait dans la pièce d'à côté, ne s'attendait pas à me voir surgir dans son petit bureau, une liasse de feuillets à la main : je subodorais qu'il s'agissait d'un inédit, mais je ne voulais rien dire avant d'avoir entendu son propre sentiment. À l'issue de plusieurs mois à inventorier les papiers de Jean d'Ormesson, assis en tailleur sur la moquette couleur crème de ce qui avait été sa chambre-bureau, à fouiller souvent à quatre pattes dans des placards inaccessibles, j'en étais presque arrivé à la fin : le déblaiement avait commencé par les strates les plus récentes, les lettres reçues en 2017, les derniers manuscrits d'œuvres et d'articles, les dactylographies et les jeux d'épreuves corrigés. Peu à peu, j'ai pu remonter le cours du temps tout en faisant défiler les grands manuscrits qui scandent sa carrière littéraire, les correspondances amicales, médiatiques ou académiques, et d'innombrables papiers personnels, de ceux qui donnent chair à un personnage et que prisent les biographes : billets de train, photographies, menus, factures d'hôtel ou de restaurant. Les notes de bas de page d'une existence foisonnante.

Au fil des séances de travail, apanage du conservateur chargé de remettre de l'ordre dans ce qu'il reste d'une vie, j'ai ainsi eu le privilège de voir Jean d'Ormesson rajeunir. Son écriture se fit moins tremblante, les correspondances plus nombreuses, parfois moins déférentes, jusqu'à en arriver à ses jeunes années, aux premiers articles et nouvelles publiés dans les années 1950, puis plus loin encore : bulletins scolaires, cartes d'étudiant, anciens passeports, vieux billets de bus ou de train poinçonnés au lendemain de la Seconde Guerre mondiale. Jean d'Ormesson avait absolument tout gardé, sans se soucier de laisser derrière lui un fonds d'archives parfaitement classé. Enfin, le tout dernier placard livra ses trésors et je pense l'une des clés qui permettront un jour à de futurs chercheurs de comprendre comment est né un grand écrivain : des liasses de romans inachevés écrits au crayon, des amorces de récits vite abandonnés. Mélangés à ces feuillets, quelques cours de khâgne consacrés à Louis XVI et la Révolution, à Robespierre, à Bonaparte et au bilan politique de la Restauration. Et enfin, ce manuscrit sur Chateaubriand.

La découverte est exaltante pour un conservateur, chargé d'identifier et de préserver les documents pour les générations futures. Elle l'est tout autant pour un historien, qui doit cependant travailler la tête froide. Après de longs mois à classer les archives de Jean d'Ormesson, ces pages font immédiatement ressurgir quelques souvenirs familiers : on y retrouve beaucoup de citations sur la mer et le vent, fascinations partagées par les deux écrivains. On songe, parmi la vaste bibliographie de Jean d'Ormesson, au roman *Le Vent du soir* (1985), dont le titre figure sur une incroyable petite feuille où il jeta à la volée des idées de titres pour ses œuvres futures, sans doute dès la fin des années 1960. De manière plus générale, dans le style et les idées, on discerne la même désinvolture aristocratique chez le comte d'Ormesson et le vicomte de Chateaubriand, comme une manière intemporelle de vivre le présent, une sorte d'attachement détaché à la tradition : l'écrivain en gestation du milieu du XXe siècle évoque un peu le jeune Chateaubriand. *Quand l'Enchanteur vint au monde* est en réalité un portrait croisé.

À lire ce texte, le connaisseur des *Mémoires d'outre-tombe* trouvera peut-être que Jean d'Ormesson suit d'un peu trop près les écrits de Chateaubriand. Son travail n'est pas celui d'un historien mais bien d'un littéraire. Il y manque parfois le recul que procure la critique des sources : le départ de Chateaubriand aux États-Unis en 1791 est ainsi présenté comme un simple voyage, artifice facile dont il faut sans doute se méfier, de nombreux nobles ayant jugé à l'époque plus prudent de quitter la France. Jean d'Ormesson passe peut-être un peu vite sur l'engagement militaire de Chateaubriand dans les armées de l'émigration. L'intéressé a pourtant évoqué sa participation au siège de Thionville en 1792, ayant dans son paletot un modeste volume annoté de l'*Iliade*, anecdote touchante qui n'aurait pas déplu à l'agrégé de philosophie. On retrouve aussi des passages plutôt durs sur le mariage en général, et sur Mme de Chateaubriand en particulier. Travail d'écrivain confronté à un mythe littéraire, cet ouvrage est bel et bien un essai, mais il est aussi et avant tout un portrait, dans la lignée de ceux des auteurs du Grand Siècle, du cardinal de Retz et de Saint-Simon, puis de Chateaubriand lui-même, de Sainte-Beuve ou de Prosper de Barante, auteurs qui avaient tous excellé dans ce genre au croisement de la biographie et de la littérature.

Cet essai est aussi ancré dans son époque. On y retrouve plusieurs allusions à Proust, une autre au roman de Thomas Mann, *Les Buddenbrook* (1901), en particulier au personnage de Hanno, le fils de famille fragile et indécis. Jean d'Ormesson fait aussi référence à Jacques Thibault, protagoniste révolté de la suite romanesque *Les Thibault* de Roger Martin du Gard (1922-1940), à *La Fureur de vivre* (1955) et à James Dean, à Jean-Paul Sartre, dont la « passion inutile » évoquée dans *L'Être et le Néant* (1943) rappelle la jeunesse de Chateaubriand. Les allusions à la nomination de Jean Giono à l'académie Goncourt en 1954, au satellite Spoutnik, surnommé « Bébé-Lune » par la presse de l'époque, à Brigitte Bardot, à la DS19, commercialisée par Citroën en 1955, ou encore à Gina Lollobrigida, idéalisée en paysanne italienne, situent résolument ce livre dans le contexte des années 1950, et plus précisément dans l'année 1958 : deux ans plus tôt, le jeune écrivain avait publié un premier roman, *L'amour est un plaisir*, premier pas vers la reconnaissance et la notoriété. Pour être daté, ce récit n'en est pas moins novateur. À la fin du texte, Jean d'Ormesson esquisse ainsi une véritable actualisation de la pensée de Chateaubriand, en la transposant dans le contexte du XXe siècle, celui de l'obsession du progrès, dans la lignée peut-être de la dénonciation du machinisme portée dans l'entre-deux-guerres par l'écrivain

Georges Duhamel. Les passages annonçant un monde tiraillé entre deux puissances, les États-Unis et la Chine, sont d'autant plus remarquables que ces visions revisitées de Chateaubriand anticipent les grandes analyses sur la puissance chinoise, dont le fameux *Quand la Chine s'éveillera* d'Alain Peyrefitte (1973).

On relève en passant dans son manuscrit quelques petites erreurs qu'une dernière relecture aurait facilement fait disparaître : la duchesse de Berry était la belle-fille de Charles X ; le feuilleton des *Mémoires d'outre-tombe* ne parut qu'en octobre 1848 dans *La Presse*. Jean d'Ormesson ne commente pas la légende, décortiquée par les historiens, qui situe la naissance de Napoléon en 1768, répandue par Chateaubriand et par Germaine de Staël, qui faisaient ainsi de l'empereur un sujet génois, l'île n'étant devenue française qu'en 1769, année où l'Aigle vit le jour à Ajaccio. L'écrivain n'avait peut-être pas lu les classiques de l'historiographie napoléonienne. Sur la question de ses lectures précisément : on retrouve à la fin du texte une note sur les références utilisées, qui semble étonnamment courte. On comprend que le jeune écrivain a lu les écrits de Ferdinand Brunetière, éditeur d'un volume d'extraits de *Chateaubriand* souvent réédité (1901), les *Études littéraires* d'Émile Faguet (1887), les *Études critiques* de Joseph Bédier (1903), les travaux de Paul Hazard, premier éditeur scientifique du *Dernier des Abencérages* (1926), l'*Histoire de la littérature française* de Gustave Lanson (1895) et celle d'Albert Thibaudet (1936), qui insistait sur le côté précurseur de Chateaubriand, « tourné vers l'avenir ». On peut y rajouter le critique Jules Lemaître, auteur d'un *Chateaubriand* (1912), ainsi que l'article consacré par Joseph Bédier à « Chateaubriand en Amérique » dans la *Revue d'histoire littéraire de la France* en 1899-1900. Ces références sont encore celles d'un khâgneux, pas d'un écrivain. Doivent-elles être comprises comme un clin d'œil adressé à l'étudiant qu'il fut ? S'agit-il d'une manière de brouiller les pistes ? Ou d'une volonté de réellement fournir à de futurs lecteurs de sérieux outils de travail ?

Cette liste sibylline dissimule une plus vaste bibliographie, où le jeune d'Ormesson a pioché en toute liberté. On y retrouve les livres que l'aspirant-écrivain avait déjà pu lire, et surtout ceux qu'il n'avait pas encore lus. Bon nombre des citations de l'Enchanteur ont dû être piochées dans le *René ou la vie de Chateaubriand* d'André Maurois (1938) ainsi que dans son *Histoire de la France* (1958). Quelques citations proviennent sans doute de *La Vie privée de Chateaubriand* de Jules Bertaut (1952). L'allusion à Fouché qui se reconnaît dans un personnage des *Martyrs* vient peut-être de *Chateaubriand : l'homme épris de grandeur* de Michel Robida (1948).

Il connaissait aussi les lettres à Mme de Duras citées dans *Splendeurs et misères de M. de Chateaubriand* de Maurice Levaillant (1922), où il puisa des extraits des archives diplomatiques. La courte chronologie des lettres de Chateaubriand en avril 1829 est à elle seule un petit travail de croisement des sources, entre les *Mémoires d'outre-tombe* et probablement l'article sur Chateaubriand et Hortense Allart publié dans la *Revue des deux mondes* en 1940 par Marie-Louise Pailleron. Peut-être a-t-il enfin lu *Elvire : inspiratrice de Lamartine* d'Auguste Dupouy (1944), la biographie du père de Chateaubriand par Georges Collas (1949), ou *La vieillesse de Chateaubriand* de Marie-Jeanne Durry (1933).

Quelques indices permettent aussi de deviner la vaste culture littéraire de Jean d'Ormesson, comme cette allusion à la « froide et vaine éternité », qui est une réminiscence de Corneille. La fameuse phrase « l'enfant est le père de l'homme » renvoie à *Totem et Tabou* de Freud (1912-1913), même si l'influence de la psychanalyse s'est peut-être opérée, chez d'Ormesson, par l'intermédiaire de Stefan Zweig, grand portraitiste de la littérature du XXe siècle. Et bien sûr, il avait lu *Les Yeux d'Elsa* d'Aragon, autre écrivain marqué par Chateaubriand. Au fil des pages, on découvre un lecteur attentif, mais point omniscient. Ainsi, on peut se demander s'il avait déjà lu les *Mémoires* de la comtesse de Boigne. Il semble en effet trop sévère avec elle, comme s'il ne connaissait ce texte exceptionnel que de seconde main. De même, la phrase « Il faudra donc que M. de Chateaubriand émigre quand les émigrés reviennent » a pu être tirée des *Cahiers de Madame de Chateaubriand* (1909), dont la lecture donne une autre image de l'épouse du grand écrivain, ou bien reprise d'un essai connu, *La Duchesse de Duras et Chateaubriand* de Gabriel Pailhès (1910). Avait-il lu *Madame Récamier et ses amis* d'Édouard Herriot (1904) ? Et s'était-il plongé dans *Le Congrès de Vérone*, témoignage diplomatique de Chateaubriand moins flamboyant que ses autres œuvres ? Avait-il lu aussi les remarquables *Mémoires* du chancelier Pasquier ? Seul un examen de sa bibliothèque pourrait peut-être le confirmer, et encore : les livres ne sont pas toujours immédiatement lus. Les étagères de la chambre-bureau de Jean d'Ormesson regorgent encore de volumes anciens provenant sans doute du château de Saint-Fargeau, mais aussi de dizaines d'ouvrages sur la littérature et l'histoire, qui n'ont peut-être été acquis qu'une fois la maturité venue. La question n'a pas besoin d'être immédiatement tranchée. Jean d'Ormesson lisait, mais surtout ruminait ses classiques, et son œuvre est aussi la somme de relectures successives, autant destinées à rafraîchir la mémoire qu'à lutter contre l'oubli.

Car ce manuscrit de jeunesse a probablement été oublié par son auteur, qui un beau jour n'y toucha plus : les feuillets sont demeurés dans l'ordre, n'ont plus été annotés, et les meilleurs passages n'ont pas été découpés pour figurer dans d'autres manuscrits. Il a en revanche dû redécouvrir certaines citations, par exemple celle sur la coquetterie de Natalie de Noailles tirée d'un ouvrage sur l'austère comte Louis-Mathieu Molé paru en 1922, que l'on retrouve reprise dans *Mon dernier rêve sera pour vous*, dans *Une autre histoire de la littérature française*, dans l'*Histoire du Juif errant* et dans *Une fête en larmes*. Pareil pour l'expression « héros de la domesticité », employée pour parler des émigrés et qui exprime le mépris des courtisans professé par Chateaubriand, que l'on retrouve dans *Une autre histoire de la littérature française*. Jean d'Ormesson ne tenait pas de fichier de ses lectures, comme le faisaient autrefois les chercheurs, mais il relisait inlassablement les mêmes textes, qui une fois découverts ne le quittaient plus. Les répétitions des citations d'un livre à l'autre dessinent le portrait forcément ambigu d'une bibliothèque plausible, idéale, reflet de la liberté de l'écrivain et de la curiosité du lecteur insatiable.

Que penser, en somme, de ce Chateaubriand revu par le jeune d'Ormesson ? Au-delà de la volonté du jeune écrivain-aristocrate de se confronter à son modèle, force est de reconnaître que Jean d'Ormesson a bien écrit un livre d'histoire, mais à sa manière, comme un hommage appuyé au genre du portrait placé sous la double invocation de Saint-Simon et de Proust. Comme n'importe quel auteur, il espérait être lu, d'où son insistance à la fin du texte sur l'oubli dans lequel Chateaubriand était selon lui tombé et dont il comptait le tirer, posture propre à émouvoir le lecteur mais exagérée : il écrivait dix ans tout juste après le centenaire de la mort de l'écrivain, célébré par des publications et par une grande exposition à la Bibliothèque nationale, et son texte s'inscrit précisément dans une vogue historiographique marquée par l'appétence pour les grandes figures littéraires.

Par manque de chance aussi, d'Ormesson rédigea ce livre avant les grandes découvertes des manuscrits inédits de Chateaubriand, ceux retrouvés par hasard dans le placard d'une villa de Genève en 1938, en partie publiés par Henri Guillemin en 1964, ou encore le petit carnet, réapparu en 1995, qui forme la genèse des *Mémoires d'outre-tombe*. Pur hasard de l'histoire, les manuscrits de Jean d'Ormesson ont d'ailleurs fait leur entrée au département des Manuscrits de la BnF en même temps que le manuscrit autographe des *Aventures du Dernier Abencérage*, oublié depuis des décennies des chercheurs : tous deux voisinent désormais sur la même étagère*. À les feuilleter, l'on pourrait presque discerner des similitudes dans leurs écritures, toutes deux illisibles comme souvent chez les grands écrivains.

Ce manuscrit inédit est peut-être enfin la clé de voûte inconnue de l'œuvre de Jean d'Ormesson. Beaucoup d'écrivains puisent sans jamais le révéler des pans entiers de leur inspiration dans un manuscrit de jeunesse, qu'ils sont les seuls à connaître mais dont l'inachèvement même donne parfois le *la* à toutes leurs publications ultérieures. La présence au sein d'un fonds d'archives d'une telle œuvre est déjà en soi une rareté. On retrouve dans ce texte l'immense admiration de l'écrivain pour l'Enchanteur ; on sent aussi la délectation du comte d'Ormesson lorsqu'il évoque les dernières années du pourfendeur inlassable de l'orléanisme. On perçoit également, au-delà de cette lecture très poussée des *Mémoires d'outre-tombe*, une profonde réflexion sur le temps, encore en gestation, mais centrale dans toutes ses œuvres.

On peut encore une fois invoquer Chateaubriand, qui parle dans les *Mémoires d'outre-tombe* d'un mythique manuscrit préparatoire des *Natchez*, perdu pendant des années,

* Le manuscrit des *Aventures du dernier Abencérage* est conservé au département des Manuscrits de la Bibliothèque nationale de France sous la cote NAF 29146, le fonds Jean d'Ormesson sous la cote NAF 29155.

matrice d'*Atala*, de *René* et du *Génie du christianisme*. On croirait presque entendre Jean d'Ormesson nous parler, d'outre-tombe, de son manuscrit inédit : « Un jeune homme qui entasse pêle-mêle ses idées, ses inventions, ses études, ses lectures, doit produire le chaos ; mais aussi dans ce chaos il y a une certaine fécondité qui tient à la puissance de l'âge. » Pourquoi ne pas l'avoir publié ? Aucune lettre dans ses archives n'évoque un quelconque refus d'éditeur. Serait-ce par peur de décevoir son lectorat ou bien de ne pas être à la hauteur des grands critiques ? La réponse vient encore une fois de Chateaubriand, qui craignit lui aussi d'atténuer la spontanéité d'une œuvre de jeunesse en la réécrivant, comme « Jean d'O » eut sans doute peur à l'époque d'écrire *in fine* un simple livre d'histoire littéraire, à rebours de sa vocation de romancier : « J'avais un danger à craindre. En repassant le pinceau sur le tableau, je pouvais éteindre les couleurs ; une main plus sûre, mais moins rapide, courait le risque de faire disparaître les traits moins corrects, mais aussi les touches les plus vives de la jeunesse ; il fallait conserver à la composition son indépendance, et pour ainsi dire sa fougue ; il fallait laisser l'écume au frein du jeune coursier. »

Des liens invisibles mais étroitement tissés continuent décidément à relier Jean d'Ormesson à Chateaubriand, dans leurs œuvres publiées et jusque dans l'intimité de leurs archives. On ne pouvait imaginer plus belle découverte qu'un tel manuscrit, pour commémorer à la fois le centenaire de la naissance d'un de nos plus célèbres écrivains et l'entrée de ses papiers dans les collections de la Bibliothèque nationale de France. Plutôt que Jean d'Ormesson qui n'en a jamais parlé, nul mieux que Chateaubriand ne pouvait évoquer pour finir ce *Quand l'Enchanteur vint au monde*, ouvrage de jeunesse qui révèle aujourd'hui la puissance de travail d'un immense lecteur autant que la singularité d'un grand auteur : « Mes deux natures sont confondues dans ce bizarre ouvrage, particulièrement dans l'original primitif. On y trouve des incidents politiques et des intrigues de roman ; mais à travers la narration on entend partout une voix qui chante, et qui semble venir d'une région inconnue.* »

Charles-Éloi Vial

*François-René de Chateaubriand, *Mémoires d'outre-tombe*, Paris, Gallimard, coll. Pléiade, 1951, vol. 1, p. 663-664.

Œuvres de Jean d'Ormesson

Aux Éditions Gallimard

La Gloire de l'Empire, 1971.
Au plaisir de Dieu, 1974.
Le Vagabond qui passe sous une ombrelle trouée, 1978.
Dieu, sa vie, son œuvre, 1980.
Discours de réception à l'Académie française de Marguerite Yourcenar et réponse de Jean d'Ormesson, 1981.
Discours de réception à l'Académie française de Michel Mohrt et réponse de Jean d'Ormesson, 1987.
Garçon de quoi écrire, entretiens avec François Sureau, 1989.
Histoire du Juif errant, 1990.
La Douane de mer, 1993.
Presque rien sur presque tout, 1996.
Casimir mène la grande vie, 1997.
Le Rapport Gabriel, 1999.
C'était bien, 2003.
Je dirai malgré tout que cette vie fut belle, 2016.
Guide des égarés, 2016.
Et moi, je vis toujours, 2018.

BIBLIOTHÈQUE DE LA PLÉIADE

Album Chateaubriand, 1988, épuisé.
Œuvres, tome I, 2015.
Œuvres, tome II, 2018.

AUX ÉDITIONS ROBERT LAFFONT

Voyez comme on danse, 2001.
Et toi mon cœur pourquoi bats-tu, 2003.
Une fête en larmes, 2005.
La Création du monde, 2006.
La vie ne suffit pas, Bouquins, 2007.
Qu'ai-je donc fait, 2008.
Discours de réception de Simone Veil à l'Académie française et réponse de Jean d'Ormesson, 2010.
C'est une chose étrange à la fin que le monde, 2010.
C'est l'amour que nous aimons, Bouquins, 2012.
Un jour je m'en irai sans en avoir tout dit, 2013.
Dieu, les affaires et nous : chronique d'un demi-siècle, Bouquins, 2016.
Ces moments de bonheur, ces midis d'incendie, Bouquins, 2016.

AUX ÉDITIONS JEAN-CLAUDE LATTÈS

Mon dernier rêve sera pour vous, biographie sentimentale de Chateaubriand, 1982.
Jean qui grogne et Jean qui rit, 1984.
Le Vent du soir, 1985.
Tous les hommes en sont fous, 1986.
Le Bonheur à San Miniato, 1987.

AUX ÉDITIONS NIL

Une autre histoire de la littérature française (t. 1), 1997.
Une autre histoire de la littérature française (t. 2), 1998.

AUX ÉDITIONS JULLIARD

L'amour est un plaisir, 1956, épuisé.
Du côté de chez Jean, 1959, épuisé. Folio, 1978.
Un amour pour rien, 1960, épuisé. Folio, 1978.
Au revoir et merci, 1966, épuisé. Folio, 1976.
Les Illusions de la mer, 1968, épuisé.

AUX ÉDITIONS GRASSET

Tant que vous penserez à moi,
entretiens avec Emmanuel Berl, 1992.

AUX ÉDITIONS HÉLOÏSE D'ORMESSON

Odeur du temps, 2007.
L'Enfant qui attendait un train, 2009.
Saveur du temps, 2009.
La Conversation, 2011.
Comme un chant d'espérance, 2014.
Un hosanna sans fin, 2018.
L'Espérance en héritage, 2019.

Conception graphique et réalisation
Anne-Marie Bourgeois/m87design

Achevé d'imprimer
par Normandie Roto Impression s.a.s.
à Lonrai (61),
en octobre 2025

Dépôt légal
novembre 2025

Numéro d'imprimeur
2504113

Édition n° 1